放送大学叢書　052

響映する

響映する日本文学史　目次

はじめに

本書は『響映する日本文学史』と題して、古典から近代に至る、わが国の代表的な作品と作者を取り上げて、それぞれの作品や作者が内包している現代人へのメッセージを読み取りたい。その際に、日本文学の全体像が明らかになるように、「文学とは何か」という大きなテーマへも、視野を広げたい。そのためにも、それぞれの作品ごとに、ぜひとも「原文」に触れたい。原文を目の当たりにして、じかに作品の息吹《いぶき》に触れたいからである。文学作品はその内容だけでなく、本居宣長《もとおりのりなが》も『古事記伝』などで述べているように、「文体《カキザマ》」に注目することが重要である。表現や文体がきわめて重要な意味を持っているからである。引用掲載する原文は、それ自体が「日本文学名作選」となることを願って、できるだけ多くの例を挙げた。

内容と文体の両面から、作品の息吹にじかに触れることを本書は目指していると述べたが、それではいったい、「じかに」とは、どういうことなのだろうか。書写によって写本が伝わってきた古典文学の場合には、現代人が「原文を読む」と言っても、原作者が書いた原文そのままを読めることは稀である。「原文を読む」とは、ほとんどの場合、研究者や注釈者によって「校訂された本文を読む」ことなのである。それは現代に限らず、古くから行われてきたことであるから、おのずと各作品の背後に広がる、長年にわたる注釈史・研究史を、現代人が共有することになる。そのような文学上の親密感を大切にしたい。

文学における親密感は、同時代と異時代とを問わず、作者同士の繋がり、作品同士の関連性や類想性を明らかにする。そこに着目することによって、日本文学内部の領域だけでなく、広く世界の文学、さらには歴史や社会、芸術や思想など、世の中の全般がおのずと視野に入ってくると思う。

本書は、平成二十一年（二〇〇九）から四年間放送された、『日本文学の読み方』の印刷教材を基にしているが、今回、放送大学叢書の一冊に収められるにあたり、章立てを取捨選択し、章の配列を多少変更し、記述内容についても十分に意を尽くすように適宜補足するなどして、私の文学観が明瞭になるように心懸けた。言わば、自分がかつて全十五章を執筆した印刷教材を基盤として、今一度、新たな気持ちでそのエッセンスを書き下ろす姿勢で臨んだ。

私は、これまで自分の著作の中で、しばしば「響映《きようえい》」という言葉を用いて、日本文学を研究してきた。「響映」という熟語は、ある時、ふと、心に浮かんだ言葉だった。意味は、読んで字の如く、「響き合い、映じ合う」ことである。今のところ辞書などにも出ていないようで、見馴れない熟語かもしれないが、本書を執筆しながら、この「響映」という言葉を書名に出して、響き合い、映じ合う文学史の姿を明らかにしたいと思った。本書の各章それぞれが、日本文学の新たな読み方への扉となれば、幸いである。

なお、この場をお借りして、本書の編集を担当してくださった左右社の筒井菜央さん、そして、放送大学叢書で既刊の、拙著二冊『徒然草をどう読むか』『方丈記と住まいの文学』も含めて、今回もいろいろお世話になりました小柳学さんに、心より感謝します。

令和二年八月二十五日

島内裕子

◉第一章　『古今和歌集』の影響力

1　『古今和歌集』の誕生

『古今和歌集』の成立と勅撰和歌集の役割

『古今和歌集』はわが国最初の勅撰和歌集《ちょくせんわかしゅう》である。勅撰和歌集とは、天皇（あるいは上皇）の名の下に、名歌と認定された和歌が撰《えら》ばれ、テーマごとに配列された歌集のことである。和歌を撰ぶ作業を「撰集《せんじゅう》」と言う。天皇が和歌の主宰者となる伝統は、この時に確立し、現在の「歌会始《うたかいはじめ》」にまで続いている。

『古今和歌集』は、延喜《えんぎ》五年（九〇五）に、醍醐《だいご》天皇が撰進を下命《かめい》した。醍醐天皇は、「延喜《えんぎ》の治《ち》」と呼ばれる天皇親政を行ったことで知られ、『源氏物語』の桐壺帝《きりつぼのみかど》のモデル（准拠《じゅんきょ》）ともされる天皇である。『古今和歌集』の撰者は、紀友則《きのとものり》・紀貫之《きのつらゆき》・凡河内躬《おおしこうちのみ》恒《つね》・壬生忠岑《みぶのただみね》であった。

冒頭に紀貫之による仮名序《かなじょ》（平仮名で書かれた序文）、末尾に紀淑望《きのよしもち》による真名序《まなじょ》（漢文で書かれた序文）を付す。収録歌数は一一一一首。

これを四季歌・離別《りべつ》歌・恋歌・雑《ぞう》歌など、内容ごとに「部立《ぶだて》」して、全二十巻に構成している。『古今和歌集』の部立は、四季歌や恋歌などの場合、時間の推移に従って精緻に配列されており、季節感や恋愛心理が濃《こ》まやかに詠まれ、その後の日本文学全体に測り知れない影響力を及ぼした。

勅撰和歌集は、第一番目の『古今和歌集』から、第二十一番目の『新続古今和歌集《しんしょくこきんわかしゅう》』（一四三九年成立）まで、五百年以上にわたって、合計二十一の歌集が編纂された。これらを総称して「二十一代集《にじゅういちだいしゅう》」と呼ぶ。また、『古今和歌集』『後撰《ごせん》和歌集』『拾遺和歌集』までの最初の三集を総称して「三代集《さんだいしゅう》」と呼び、第八番目の『新古今和歌集』までを「八代集《はちだいしゅう》」と呼ぶ。

平安時代から室町時代にかけて、勅撰和歌集が次々と編纂されたことは、さまざまな文学ジャンルの中で、和歌が占める公的な役割の重要性を象徴している。現代では、多くの人々にとって「文学」と言えば真っ先に思い浮かぶのは散文の「小説」だろうか。

ところが、日本文学においては古来、韻文である和歌が、言わば「文学の玉座」を占めていたのであった。散文である物語にも、和歌が必要不可欠だったことは、『源氏物語』に八百首近い和歌が含まれ、場面構成の要《かなめ》となっていることからも窺われよう。

評価の確立

それでは、後世の文学者たちは、『古今和歌集』の世界を、どのように捉えて評しているのだろうか。和歌に関する理論や歌人のエピソードなどからなる書物を、「歌論書《かろんしょ》」「歌学書《かがくしょ》」「歌書《かしょ》」などと呼ぶ。それぞれの時代の代表的な歌人は、著名な歌書を残している。

藤原俊成《ふじわらのしゅんぜい》の『古来風体抄《こらいふうていしょう》』には、『万葉集』との違いに触れつつ、「『万葉集』より後《のち》、『古今集』の撰ばるることは、代々《よよ》隔たり、年々数積《としどしかずつ》もりて、歌の姿《すがた》・詞遣《ことばつか》ひも、殊《こと》の外《ほか》に変《か》はるべし」と書かれている。和歌には長い歴史があるので、さまざまな歌風の変遷があるが、「歌の本体《ほんたい》には、ただ古今集を仰《あふ》ぎ信ずべき事なり」というのが、俊成の結論だった。

俊成の子の藤原定家《ふじわらのていか》は、『詠歌之大概《えいがのたいがい》』において、「殊《こと》に見習ふべきは、『古今』『伊勢物語』『後撰』『拾遺』『三十六人集』の中の、殊に上手《じやうず》の歌、心に懸《か》くべし」と述べ、『古今和歌集』を筆頭に挙げている。具体的には、柿本人麿《かきのもとのひとまろ》（人麻呂）・紀貫之・壬生忠岑・伊勢・小野小町《おののこまち》などの詠んだ和歌であるとしている。ちなみに、万葉歌人として著名な人麿（「人丸」とも）の歌は、『古今和歌集』にも撰ばれている。

2　『古今和歌集』を読む

仮名序

『古今和歌集』の仮名序は、和歌を文学の中心に据えようとする強い意欲と熱意に満ちた名文である。文学概念の理論化という面だけでなく、明確な意識を持って書かれた文芸批評の先駆とも言えよう。有名な冒頭部を読んでみたい。

大和歌《やまとうた》は、人《ひと》の心《こころ》を種《たね》として、万《よろづ》の言《こと》の葉《は》とぞ成《な》れりける。世《よ》の中《なか》に有《あ》る人《ひと》、事業《ことわざ》繁《しげ》き物《もの》なれば、心《こころ》に思《おも》ふ事《こと》を、見《み》る物《もの》、聞《き》く物《もの》に付《つ》けて、言《い》ひ出《い》だせるなり。花《はな》に鳴《な》く鶯《うぐひす》、水《みづ》に棲《す》む蛙《かはづ》の声《こゑ》を聞《き》けば、生《い》きとし生《い》ける物《もの》、いづれか歌を詠《よ》まざりける。

力《ちから》をも入《い》れずして天神地祇《あめつち》を動《うご》かし、目《め》に見《み》えぬ鬼神《おにがみ》をも哀《あは》れと思《おも》はせ、男女《をとこをんな》の仲《なか》をも和らげ、猛《たけ》き武人《もののふ》の心をも慰《なぐさ》むるは、歌なり。

和歌は、人間が自らの心の本源を凝視し、純粋な感情を表出したものである。だから和歌は、天の神様（天神《てんじん》）や地の神様（地祇《ちぎ》）の心を動かして、人間にとって望ましい奇跡を起こすことができる。恐ろしい鬼ですらも、すばらしい和歌を聞いたならば、人間に危害を加えようという気持ちを喪失する。恋しい人を心から思って詠まれた歌は、相手の心を自分に靡《なび》かせる。勇猛《ゆうもう》な武士も、和歌の前では荒ぶる心が鎮《しず》まってしまう。

ここに書かれているような和歌の力を「歌徳《かとく》」と言う。和歌の力で、大雨が止んだり、旱天に慈雨が降ったり、反乱軍や怪物が退散したり、病気が治ったり、恋愛が成就《じょうじゅ》したりする「歌徳説話」が、数多く作られた。

中世に書かれた『古今和歌集』の仮名序を注釈した書物（総称して「仮名序注《かなじょちゅう》」と言う）には、歌徳説話がずらりと並んでいる。一つだけ例を挙げると、『三流抄《さんりゅうしょう》』や『頓阿序注《とんあじょちゅう》』には、藤原千方《ちかた》という反逆者が、四人の鬼を率《ひき》いて朝廷に対する反乱を試みたが、追討を命じられた紀朝雄《ともお》が、「土《つち》も木《き》も我《わ》が大君《おほきみ》の国《くに》なればいづくか鬼《おに》の住《す》みかなるべき」という和歌を詠んだところ、四人の鬼たちは歌に感動して千方を見限って去った。その結果、千方の乱はたちどころに平定された。この説話は、室町時代の御伽草子《おとぎぞうし》『酒呑童子《しゆてんどうじ》』の成立とも深く結びついている。

ところで、江戸幕府・五代将軍徳川綱吉《とくがわつなよし》の側用人《そばようにん》として権勢を振るった柳沢吉保《やなぎさわよしやす》（一六五八〜一七一四）は、『古今和歌集』の仮名序の世界を、「六義園《りくぎえん》」という壮大な庭園に響映させて、実現しようとした。吉保が江戸の駒込《こまごめ》の地に造営した「六義園」の「六義」という言葉は、中国の『詩経《しきよう》』に書かれている漢詩の六種類の分類のことであるが、紀貫之は仮名序で、これを日本の和歌の分類に当てはめて使った。柳沢吉保は、武士（＝猛《たけ》き武人《もののふ》）ではあったが、和歌の六種類の分類を会得《えとく》した歌人でもあろうとして、造営した庭園を「六義園」と名付けたのだった。柳沢吉保と徳川綱吉は「歌徳」によって、天下泰平の世を維持しようとした。その

六義園（東京都文京区）

根拠が、秩序正しい『古今和歌集』の世界観だったのである。

『古今和歌集』の四季の歌、そして「対位法の美学」

千百首余りの和歌からなる『古今和歌集』の歌風を、簡潔にまとめることは難しい。まとめようとすると、そこから零《こぼ》れ落ちるものも多いが、それでも古来『古今和歌集』の特徴は、「優美・理知的・技巧的」であるとされてきた。

四季の歌は、巻一から巻六まで、春歌上《はるのうたのじょう》・春歌下《はるのうたのげ》・夏歌・秋歌上・秋歌下・冬歌に分けて部立《ぶだて》されている。春と秋は、それぞれ上下二巻が充《あ》てられているが、夏と冬は一巻のみである。わが国の四季の美学は、春と秋を特に好み、重視したのである。『古今和歌集』以後の勅撰和歌集でも、この構成は踏襲された。

四季の歌は、季節の進行に従って配列されている。そのことを、各巻の最初の歌（巻頭歌）や最後の歌（巻軸歌《かんじくか》）を掲げて、実感してみよう。

【春上・巻頭】

年《とし》の内《うち》に春《はる》は来《き》にけり一年《ひととせ》を去年《こぞ》とや言《い》はむ今年《ことし》とや言《い》はむ　在原元方

【春下・巻頭】
春霞《はがすみ》たなびく山《やま》の桜花《さくらばな》移《うつ》ろはむとや色変《いろか》はりゆく
読人知《よみびとし》らず

【春下・巻軸】
今日《けふ》のみと春《はる》を思《おも》はぬ時《とき》だにも立《た》つこと易《やす》き花《はな》の陰《かげ》かは
凡河内躬恒

【夏・巻頭】
我《わ》が宿《やど》の池《いけ》の藤波《ふぢなみ》咲《さ》きにけり山郭公《やまほととぎす》いつか来鳴《きな》かむ
読人知らず

【秋上・巻頭】
秋《あき》来《き》ぬと目《め》にはさやかに見《み》えねども風《かぜ》の音《おと》にぞ驚《おどろ》かれぬる
藤原敏行《としゆき》

【秋下・巻頭】
吹《ふ》くからに秋《あき》の草木《くさき》の撓《しを》るればむべ山風《やまかぜ》を嵐《あらし》と言《い》ふらむ
文屋康秀

【秋下・巻軸】
道《みち》知《し》らば尋《たづ》ねも行《ゆ》かむ紅葉葉《もみちば》を幣《ぬさ》と手向《たむ》けて秋《あき》は去《い》にけり
凡河内躬恒

【冬・巻軸】
行《ゆ》く年《とし》の惜《を》しくもあるかな真《ま》澄《す》鏡《かがみ》見る影《かげ》さへに暮《く》れぬと思《おも》へば
紀貫之

春や秋という季節の到来を敏感に察知して喜び、去りゆく季節を惜しむ心が、これらの歌から溢れ出す。春には桜の開花と落花に一喜一憂し、夏には郭公《ほととぎす》（時鳥）の声を待ち望み、秋には紅葉《もみじ》や草花に心を尽くす。冬には、この一年の過ぎゆく歳月をいとおしむ。そして、また新たな春が来て、季節は永遠に循環し続ける。季節は移ろいの顕現である。

『古今和歌集』の四季の部に詠まれた植物・動物・気象の数々は、やがて江戸時代の「季題」となり、近代には「季語」として認識され、日本人の美意識の根幹を形作った。「歳時記《さいじき》」の原型は、『古今和歌集』の四季歌にある。

『古今和歌集』は十世紀初頭の平安京（京都）で花開いた貴族文化の美学であるが、近世の俳諧や近代の俳句の「歳時記」に通じている。同じ季語でも、共通する要素と異なる要素がある。『古今和歌集』と歳時記とを響き合わせ、映じ合わせ、すなわち「響映」させれば、日本人の季節感の変遷を辿ることができよう。

なお、『古今和歌集』の季節の歌では、「霞と桜」「藤と郭公」というように、複数の景物が組み合わされて季節感を立体化させてゆく仕組みが愛好された。これもまた、「取り合わせの美学」として日本人の美意識を形成してゆく。複数の景物を取り合わせる『古今和歌集』の対位法からは、たとえば美術作品における「花鳥画」との響映が見えてくるだろう。

『古今和歌集』の恋歌、そして「風雅の技法」

『古今和歌集』の恋歌は、第十一巻から第十五巻まで、五巻にわたって収められている。四季の歌六巻と恋歌の五巻を合わせると十一巻に上り、『古今和歌集』全二十巻の半分以上になる。日本文学は、「自然と恋愛」が二大テーマであった。

『古今和歌集』での恋歌は、恋の始めから終わりまで、さまざまな状況と心理が順を追って配列されている。したがって、恋歌を「連続読み」すると、その妙味がよくわかる。ただし、ここでは『古今和歌集』の和歌を、あるテーマを設定して読む「テーマ読み」のモデルとして、「紫式部が『源氏物語』に引用した恋の歌」という視点を設定してみた。ちなみに、「連続読み」と「テーマ読み」は、「響映」（「響映読み」）と並んで、私が著作の中でよく使う用語である。

さて、「テーマ読み」の具体例として、『古今和歌集』と『源氏物語』を響映させる試みは、『古今和歌集』に影響を受けた『源氏物語』の表現に注目する方法論である。『源氏物語』に感動した読者たちは、この物語に引用された『古今和歌集』の和歌に関して、『源氏物語』の世界の側からの視点で、解釈・鑑賞するようになる。この時、時代的には後の成立である『源氏物語』によって、『古今和歌集』の新しい魅力が引き出されてくるという、文学史の逆転現象が生まれる。なお、掲出した歌に、縁語や懸詞《かけことば》などの和歌の技法が使われている場合は、その解説も加えた。

【恋一】夏《なつ》なれば宿《やど》にふすぶる蚊遣火《かやりび》のいつまで我《わ》が身《み》下燃《したも》えをせむ　読人知らず

【恋二】我《わ》が恋《こひ》は行方《ゆくへ》も知《し》らず果《は》ても無《な》し逢《あ》ふを限《かぎ》りと思《おも》ふばかりぞ　凡河内躬恒

【恋三】うばたまの闇《やみ》の現《うつつ》は定《さだ》かなる夢《ゆめ》にいくらも増《ま》さらざりけり　読人知らず

【恋四】陸奥《みちのく》の安積《あさか》の沼《ぬま》の花《はな》かつみかつ見《み》る人《ひと》に恋《こ》ひや渡《わた》らむ　読人知らず

【恋五】世《よ》の中《なか》の人《ひと》の心《こころ》は花染《はなぞ》めの移《うつ》ろひやすき色《いろ》にぞありける　読人知らず

恋一の「蚊遣火《かやりび》」の歌は、『源氏物語』の篝火《かがりび》巻で、中年になった光源氏が、若い玉《たま》鬘《かずら》への恋心を抑えきれず苦しむ場面に引用された。「ふすぶる」や「下燃え」という言葉は、意味的に「蚊遣火」と密接に関連している。これを「縁語《えんご》」と言う。『古今和歌集』

の歌は、このように縁語を巧みに織り込んでいる。縁語は、三十一音の定型詩である和歌の内部で、異なる言葉同士を結びつけ、繋ぎ合わせる役割を果たしている。換言するなら、言葉同士を意識的に響映させる行為が、縁語の本質であると言ってもよいだろう。

ちなみに、室町時代の連歌《れんが》というジャンルでは、前の人が詠んだ「前句《まえく》」に、次の人が「付句《つけく》」を付けてゆく。その際には、前句に対する「縁語」を付句に用いるのが普通だった。縁語の伝統は、中世の連歌を経由して、近世の俳諧にも継承された。

恋二の「我が恋は」の歌は、須磨《すま》巻で、光源氏が愛する人々と別離することの哀しさを表現する際に、引用された。

恋三の「うばたまの」の歌は、桐壺《きりつぼ》巻で、愛する桐壺更衣《こうい》と死別した桐壺帝の悲しみを纏綿《てんめん》と語る場面に、引用された。「うばたまの」は、「闇《やみ》」や「黒《くろ》」にかかる「枕詞《まくらことば》」である。

恋四の「陸奥《みちのく》の」の歌は、明石《あかし》巻で、三年ぶりに紫《むらさき》の上《うえ》と再会した光源氏の喜びを語る場面で、引用された。「陸奥《みちのく》の安積の沼の花かつみ」までは、「かつ見る」を呼び出すための「序詞《じょことば》」である。五文字までを「枕詞」、五文字以上を「序詞」と言う。『古今和歌集』には、序詞を効果的に用いて、リズミカルな音律を醸《かも》し出す歌が多い。枕詞と序詞は、和歌の中で、一つの言葉あるいは語句が、別の言葉を呼び出す役割を果たしている。言葉が言葉を生みだすダイナミズムが、枕詞と序詞というレトリックに、生命力をもたらしている。

恋五の「世の中の」の歌は、宇治十帖の総角《あげまき》巻で、恋に関して熱しやすく冷めやすい匂宮《におうみや》の心を批判的に述べる場面で引用されたことにより、批評言語としての明確性を増した。

以上見てきたように、『古今和歌集』の恋の歌は、恋愛文学の最高峰である『源氏物語』の表現世界に、深く関わっている。日本文学において「恋」とは、「風雅」の異名であった。

3 『古今和歌集』以後の和歌史

『新古今和歌集』の本歌取り

勅撰和歌集の第八番目が『新古今和歌集』である。『新古今和歌集』の特徴は、繊細で象徴的な美学にあり、藤原定家をその代表として、後鳥羽院《ごとばいん》・藤原良経《りょうけい》・式子内親《しきしないしん》王《のう》・藤原家隆《いえたか》・俊成卿女《しゅんぜいきょうじょ》などすぐれた歌人を輩出した。「本歌取《ほんかど》り」の技法が発達したのも、この時代である。

本歌取りは、古歌を用いて新しい歌を創作する行為である。つまり、自分が新たに詠む歌を、有名な古歌と意図的に響映させて、その共通点と相違点の醸し出す絶妙な感覚を味わおうとするのである。

【秋下】里《さと》は荒《あ》れて月《つき》やあらぬと恨《うら》みても誰浅茅生《たれあさぢふ》に衣打《ころもう》つらむ　藤原良経
【春上】大空《おほぞら》は梅《うめ》の匂《にほ》ひに霞《かす》みつつ曇《くも》りも果《は》てぬ春《はる》の夜《よ》の月《つき》　藤原定家

良経の歌は、秋の夜に、不在の夫を思って砧《きぬた》を打つ女を歌っている。『伊勢物語』で有名な在原業平《ありわらのなりひら》の「月《つき》やあらぬ春《はる》や昔《むかし》の春《はる》ならぬ我《わ》が身一《みひと》つは元《もと》の身《み》にして」を本歌とする。この歌は、『古今和歌集』では、恋五の巻頭に置かれている。ただし、月を見ながら失われた愛を嘆く人物を、男性から女性へと変更し、季節も春から秋へと変更することで、いっそう寂しさと恨めしさを強調している。

定家の歌は、大江千里《おおえのちさと》の「照《て》りもせず曇《くも》りも果《は》てぬ春《はる》の夜《よ》の朧月夜《おぼろづくよ》に如《し》くものぞ無《な》き」

を本歌としている。それだけでなく、この大江千里の和歌を口ずさんでいた朧月夜という女性が、光源氏と偶然に契ってしまう内容の『源氏物語』花宴巻《はなのえん》の世界をも重ねている。なお、和歌が踏まえた物語・故事・詩歌などは、「本文《ほんもん》」あるいは「本説《ほんぜつ》」と呼んで、「本歌」とは区別している。

中世和歌の展開

『新古今和歌集』に次いで和歌史的に重要なのは、第十四番目の『玉葉和歌集《ぎょくようわかしゅう》』と第十七番目の『風雅《ふうが》和歌集』である。この二つの勅撰和歌集は、十四世紀の南北朝時代に、北朝の天皇・上皇によって編纂された。近代の歌人・釈迢空《しゃくちょうくう》（折口信夫《おりくちしのぶ》）などによって高く評価された勅撰和歌集である。これらの和歌集の客観的で静謐《せいひつ》な叙景歌は、政治的な対立・緊張の最中《さなか》にあって、別天地を作り上げている。

たとえば、次のような和歌がある。曙光《しょこう》の中の花鳥の姿は、聴覚と視覚によって的確に捉えられ、春の訪れへの期待は、夕暮れの中に憂いの霞が棚引くのを見逃さない。

【玉葉集】山《やま》もとの鳥《とり》の声《こゑ》より明《あ》け初《そ》めて花《はな》もむらむら色《いろ》ぞ見《み》え行《ゆ》く　永福門院

【風雅集】 我《わ》が心春《こころはる》に向《む》かへる夕暮《ゆふぐれ》のながめの末《すゑ》も山《やま》ぞ霞《かす》める　伏見院《ふしみいん》

ところで、三島由紀夫の『小説家の休暇』や『日本文学小史』などの評論を読むと、彼が若い頃から晩年まで一貫して、永福門院の叙景歌に関心を持ち続けていたことがわかる。三島由紀夫の最晩年の作品『天人五衰《てんにんごすい》』の最後の場面では、人間の存在しない静謐な庭園を作りあげている「月修寺門跡《げっしゅうじもんぜき》」という女性の心象風景が異彩を放っている。この月修寺門跡に永福門院のイメージを重ね、響映させると、中世和歌の世界と現代小説が深い水脈で繋がっていることが理解できる。

文化システムとしての「古今伝授」

中世初頭に藤原俊成・定家の父子が確立した和歌の伝統は、定家の子孫たちに継承された。定家の息子である為家《ためいえ》の子どもの世代、つまり定家の孫の世代で、二条《にじょう》・京極《きょうごく》・冷泉《れいぜい》の三家に分裂したが、和歌の正統を任じたのは二条家だった。二条家の血筋が断絶した後は、二条家の歌学を学んだ頓阿《とんあ》の子孫たちが、和歌の正統を担った。頓阿は、二条為世《ためよ》門下の「和歌四天王《してんのう》」の筆頭だった。ちなみに、『徒然草』の著者である兼好《けんこう》も、

「和歌四天王」の一人である。

その後、応仁の乱（一四六七年）が起き、戦国乱世の様相を呈する頃、和歌の伝統は「古今伝授《こきんでんじゅ》」という儀式によって受け継がれ始めた。頓阿の子孫である尭孝《ぎょうこう》に学んだ東常縁《とうのつねより》は、『古今和歌集』の秘説を連歌師の宗祇《そうぎ》に伝えた（一四七一年）。これが、「古今伝授」の実質的な始まりである。古今伝授は、戦乱によって混乱と破壊に瀕している古典文化を守り抜き、平和な時代が到来した暁に、理想の治世の実現に寄与しようという、壮大な意図を持っていた。

古今伝授は、些末《さまつ》なことをあえて秘説だと言い立てて墨守《ぼくしゅ》する儀式だと誤解されている向きもあるが、実態は決してそのようなものではなく、文化の理想を体現するための、伝達システムだった。

宗祇以後に、古今伝授の伝統を守り伝えた主な文化人は、三条西実隆《さんじょうにしさねたか》・細川幽斎《ほそかわゆうさい》・松永貞徳《まつながていとく》たちである。その貞徳の弟子が北村季吟《きたむらきぎん》で、季吟は松尾芭蕉の俳諧の師としても知られる。季吟は、晩年に京都から江戸に出て、柳沢吉保の知遇を得た。季吟は、吉保に古今伝授を伝えた。六義園の「六義」の由来は、先にも述べたが、吉保が六義園を造営するにいたる文化的な経路が、「古今伝授」によって実現したのである。このように、言語芸術である『古今和歌集』は、庭園（空間芸術）とも響き合い、映じ合っている。

詩歌アンソロジー

和歌を集めた和歌集には、大別して三種類がある。「勅撰和歌集」は、その編纂時点までに詠まれた膨大な和歌の中から、秀歌を選抜して集めたアンソロジー（詞華集《しかしゅう》）である。天皇の勅命による勅撰和歌集の他にも、私家集《しかしゅう》や私撰《しせん》和歌集がある。「私家集」は一人の歌人の歌を集めた個人歌集で、たとえば、紀貫之の『貫之集』、藤原俊成の『長秋詠藻《ちょうしゅうえいそう》』、藤原定家の『拾遺愚草《しゅういぐそう》』などがある。

和歌史を考える上で重要な「私撰和歌集」としては、藤原公任《きんとう》が選んだ『三十六人《さんじゅうろくにん》撰《せん》』と藤原定家の選んだ『小倉百人一首』がある。前者は、後に「三十六歌仙」と総称される歌人たちのアンソロジーであり、彼らの肖像画は「歌仙絵《かせんえ》」と呼ばれ、佐竹本《さたけぼん》『三十六歌仙絵巻』や上畳本《あげたたみぼん》『三十六歌仙絵巻』が名高い。なお、公任によるアンソロジーとして、もう一つ忘れてはならないものに、『和漢朗詠集《わかんろうえいしゅう》』がある。白楽天（白居易）や菅原道真など中国と日本の漢詩文の佳句《かく》と、柿本人麻呂や紀貫之などの和歌からなり、春・夏・秋・冬・雑に分類して配列されている。和歌と漢詩が融合したアンソロジーとして愛読された。

『小倉百人一首』は、正月のかるた取りになるほど広く親しまれ、人口に膾炙《かいしゃ》した。近代短歌にも、『小倉百人一首』に影響を受けた歌がある。その中から、二例を掲げてみよう。

【北原白秋『桐の花』】廃《すた》れたる園に踏み入りたんぽぽの白きを踏めば春たけにける
本歌　鵲《かささぎ》の渡《わた》せる橋《はし》に置《お》く霜《しも》の白《しろ》きを見《み》れば夜《よ》ぞ更《ふ》けにける　大伴家持『百人一首』

【斎藤茂吉『あらたま』】あしびきの山のはざまに幽《かす》かなる馬うづまりて霧たちのぼる
本歌　村雨《むらさめ》の露《つゆ》もまだ干《ひ》ぬ真木《まき》の葉《は》に霧立《きりた》ち上《のぼ》る秋《あき》の夕暮《ゆふぐれ》　寂蓮《じやくれん》『百人一首』

これらを、厳密な意味での「本歌取り」ではないと見る立場もあるだろう。けれども、『小倉百人一首』と近代短歌の言葉同士が、見事に響映しているのは事実である。和歌は、日本文学のみならず、より広く日本文化全体に大きな影響を及ぼし、現代人の季節感や美意識の基盤を形成している。別の言い方をすれば、『古今和歌集』に代表される和歌と響映することで、日本文化は活性化され、深められていったのである。

◉第二章 『源氏物語』と日本文化

1　紫式部と『源氏物語』

紫式部の人生

　紫式部《むらさきしきぶ》は、本名も生没年も不明な女性である。彼女の父親は、学者・漢詩人として誉れ高い藤原為時《ためとき》である。少女時代には、父が越前守《えちぜんのかみ》として下向した際に、武生《たけふ》（現在の福井県越前市）に同行したことがある。長じて、かなり年上の藤原宣孝《のぶたか》と結婚し、賢子（大弐三位《だいにのさんみ》）を産んだが、夫はまもなく亡くなった。その後、権力者藤原道長《みちなが》の娘で、一条天皇の中宮《ちゅうぐう》である彰子《しょうし》に仕えた。紫式部の『源氏物語』の執筆開始も、この前後の頃からと考えられている。なお、彰子が入内《じゅだい》する以前には、一条天皇は定子を鍾愛《しょうあい》していた。定子の人間的な魅力は、彼女に仕えた清少納言《せいしょうなごん》が『枕草子』で生き生きと描き出している。

紫式部の実生活は、『紫式部日記』と家集（私家集）『紫式部集』を通して、断片的ながら垣間見《かいまみ》られる。たとえば、『紫式部日記』の寛弘《かんこう》五年（一〇〇八）十一月には、彼女がまさに執筆中であった『源氏物語』が、宮中で話題となっていることが書き留められている。『源氏物語』は今から千年ほど前に書かれた物語なのである。また、『紫式部日記』には、老眼になり始めたことなども記されており、平安時代の女性が老眼になる年齢を三十五歳前後と仮定し、そこから逆算して、紫式部は九七三年前後の誕生かと推定する学説もある。

没年も、一〇一四年説から一〇三一年説まで、かなり幅があるが、少なくとも『源氏物語』を執筆中に亡くなったのではなく、執筆後もしばらくは生存していた。すなわち、『源氏物語』は一見すると中途半端な場面で途絶《とぜつ》しているようであるが、実態は完成していたのである。

日記と家集

『紫式部日記』は、中宮彰子の出産の記録を中心に、女房たちの人物評などを含み、「日記」とはいえ、毎日の身辺記録とは様相が異なる。その冒頭部分を読もう。

秋《あき》の気配《けはひ》、入《い》り立《た》つままに、土御門殿《つちみかどどの》の有様《ありさま》、言《い》はむ方無《かたな》く、をかし。池《いけ》の辺《わた》りの梢《こずゑ》ども、遣水《やりみず》の辺《ほと》りの叢《くさむら》、おのがじし色《いろ》づき渡《わた》りつつ大方《おほかた》の空《そら》も艶《えん》なるに、持《も》て囃《はや》されて、不断《ふだん》の御読経《みどきよう》の声々《こゑごゑ》、哀《あは》れ増《ま》さりけり。漸《やうや》う涼《すず》しき風《かぜ》の気配《けはひ》に、例《れい》の、絶《た》えせぬ水《みづ》の音《おと》なひ、夜《よ》もすがら聞《き》き紛《まが》はさる。

御前《おまへ》にも、近《ちか》う侍《さぶら》ふ人々《ひとびと》、はかなき物語《ものがたり》するを聞《き》こし召《め》しつつ、悩《なや》ましうおはしますべか《ン》めるを、さりげなく持《も》て隠《かく》させ給《たま》へる御有様《ありさま》などの、いと更《さら》なる事《こと》なれど、憂《う》き世《よ》の慰《なぐさ》めには、かかる御前《おまへ》をこそ尋《たづ》ね参《まゐ》るべかりけれと、現《うつ》し心《ごころ》をば引《ひ》き違《たが》へ、譬《たとしへ》無《な》く、万忘《よろづわす》らるるにも、かつは、奇《あや》し。

初秋の気配を感じさせる道長の土御門邸《つちみかど》には、出産を間近に控えた中宮彰子が滞在している。池をめぐる梢も色づき、遣水のあたりの草紅葉《くさもみじ》も風情がある。秋の夕暮れの空はどこか華やいだ美しさがあるからこそ、中宮の安産を祈る読経の声も心に沁みるありがたさが増す。夜になると闇を縫って、風の気配や遣水の音、不断経の声が混在して聞こえる。このように、邸の様子が、流れるように、しかも明晰に描かれている。そして、中宮その人の卓越した人柄によって、お傍《そば》近く仕える我が身までが、物思いに満ちた日頃の自分とも思えないほど、清新な気持ちで生き直している実感を、「かつは、奇《あや》し」と述べて、その不思議さに驚きを感じている。これは、単なる主人賞賛ではない。自己変革とも言えるような影響を、おのずと我が身に及ぼしてくれる生身の人間の傍近くにある自分を見詰める冷静な眼がある。『源氏物語』作者ならではの観察力や洞察力、表現力を感じさせる書き出しである。

また、『紫式部日記』には、一条天皇の文芸サロンを形成する女房たちへの人物評を書いた部分がある。当時、中宮彰子に仕える女房たちの雰囲気が華やかさに欠けるという周囲からの批判があったことに対する反駁《はんばく》である。紫式部の眼から見た清少納言や和泉式部《いずみしきぶ》たちへの人物評を書いて、まことに辛辣《しんらつ》である。「したり顔」と書かれた清少納言は、定子に仕えており、「怪《け》しからぬ方《かた》（感心できないこと）」と評された和泉式部も、紫式部と同様に彰子に仕えることになった。

『紫式部集』は、紫式部自身が撰んだ自撰《じせん》家集で、ほぼ年代順に若い頃から晩年までの和歌からなる。歌数は写本によって異なるが、百三十首前後である。詞書《ことばがき》を持つ歌がほとんどで、贈答歌《ぞうとうか》も多い。女友達や、夫となった宣孝《のぶたか》とのやりとりなど、彼女の人生上の印象的な場面が収められている。

冒頭歌の「巡《めぐ》り会《あ》ひて見《み》しやそれとも分《わ》かぬまに雲隠《くもがく》れにし夜半《よは》の月影《つきかげ》」は、『小倉百人一首』に入集《にっしゅう》して有名な歌で、幼なじみだった女性との束《つか》の間《ま》の再会を詠んでいる。結句を「夜半の月かな」とする通行本もある。ちなみに、『小倉百人一首』には、娘の大弐三位の「有馬山猪名《ありまやまゐな》の笹原風《ささはらかぜ》吹《ふ》けばいでそよ人《ひと》を忘《わす》れやはする」も入っている。

『源氏物語』の構造

自然と人間とを問わず、自分の外界に対して鋭敏に反応し、それを言葉に移し替えるすぐれた能力を有していた紫式部は、長大な物語を紡《つむ》ぎ出した。彼女の繊細で精妙な陰《いん》翳《えい》を秘めた筆運びは、物語を不断に先へ先へと推進させる。それを読む者は、刻々の移り変わりこそが永遠の実態であることを、深い共感とともに思い至る。散文による言語表現とは、この「移ろい感」の顕現《けんげん》、つまり、変化の認識を明確化するところに、その機能を十全に発揮するのではないだろうか。

『源氏物語』は、五十四帖《ごじゅうしじょう》からなる長編物語で、光源氏の生涯が描かれる正編《せいへん》と、彼の死後、息子や孫たちの世代が描かれる続編《ぞくへん》に分けられる。けれども、正編を第一部（桐壺《きりつぼ》巻から藤裏葉《ふじのうらば》巻まで）と第二部（若菜上《わかなのじょう》巻から雲隠《くもがくれ》巻、ただし雲隠巻は巻名のみで本文はない）に分《わ》け、続編の宇治十帖《うじじゅうじょう》（橋姫《はしひめ》巻から夢浮橋《ゆめのうきはし》巻）を第三部として、全体を三部構成で捉えると、この作品の「主題の展開性」を大きく把握することが可能になる。

つまり、光源氏の人生が、四十歳となり老境に差しかかる若菜上巻（第二部の開始）で反転、ないし暗転したと把握することで、作者の人生観と文学観の深まりが明瞭となるのである。

『源氏物語』は、桐壺帝と桐壺更衣《こうい》との間に生まれた男児が、光源氏として成長する過程を描き尽くす。光源氏が出会った多くの女性たちとのかかわりや政治上の浮沈、さらには、光源氏の次世代である薫《かおる》・匂宮《におうみや》と、宇治の姫君たちとの起伏に満ちた人間関係が、七十年余りにわたる歳月の中で描かれる。「時間」という存在が、移ろいつつも、ひとつの大きな生命体として、持続・継続しているという感覚を、読者に強く与える作品である。天皇も四代にわたっている。

五十四帖が実際に書かれた順序は不明だが、現在の巻の配列順序通りに、一つのまとまった作品として読んでゆくのがよい。鎌倉時代の初頭に、藤原定家は、「青表紙本《あおびょうしぼん》」

と呼ばれる『源氏物語』の本文を校訂した。つまり、定家は、本文だけでなく、五十四の巻の配列を確定し、五十四帖全部で一つの作品である、と認定したのである。この定家の指し示した方針を受け継いで、『源氏物語』は現代まで読まれ続け、読者に影響を与え続けてきた。

定家の定めた前提に立って原文に沈潜すれば、なぜ作中人物の人生や幸福感が一変したのかを、作者の創作姿勢の深まりとして理解する端緒が得られる。紫式部単独執筆説に対して、複数執筆説があるが、『源氏物語』の文体と主題の変化は、作者が交替したからではなく、「書く」という行為がもたらした必然的な心の変化であると、体感できるだろう。

2　『源氏物語』を読む

物語の発端

『源氏物語』のような長編の物語文学の場合には、発端がどのように書かれているかは重要である。発端に宿る凝縮したエネルギーが、長大な作品の展開力となっているからである。

いづれの御時《おほんとき》にか、女御《にようご》、更衣《かうい》あまた侍《さぶら》ひ給《たま》ひける中《なか》に、いとやむごとなき際《きは》にはあらぬが、すぐれて時《とき》めき給《たま》ふ、ありけり。始《はじ》めより、我《われ》はと、思《おも》ひ上《あ》がり給《たま》へる御方々《かたがた》、めざましきものに、貶《おとし》め、嫉《そね》み給《たま》ふ。同《おな》じ程《ほど》、それより下﨟《げらふ》の更衣達《かういたち》は、まして安《やす》からず。朝夕《あさゆふ》の宮仕《みやづか》へにつけても、人《ひと》の心《こころ》をのみ動《うご》かし、恨《うら》みを負《お》ふ積《つ》もりにやありけむ、いと篤《あつ》しく成《な》り行《ゆ》き、物心細《ものこころぼそ》げに里《さと》がちなるを、いよいよ、飽《あ》かず、哀《あは》れなる者《もの》に思《おも》ほして、人の譏《そし》りをも、え憚《はば》からせ給《たま》はず、世《よ》の例《ためし》にも成《な》りぬべき御持《も》て成《な》しなり。

ここには、桐壺帝と仮の名前で呼ばれている天皇が、宮廷内の女性たちの身分格式の秩序を無視して、桐壺更衣ひとりを寵愛し、その結果、他の女性たちの嫉妬・怨嗟《えんさ》が更衣に集中するという、人間心理の内面の乱反射が提示され、早くも物語世界に暗雲が色濃く立ちこめ始める。

日本語には、特に古文の場合には、一つの文章の中で主語が目まぐるしく変わるという特徴がある。だからこそ、複雑な人間関係の中に絡め取られた女性の孤独が際《きわ》だつ。帝の寵愛がもたらした波紋を、桐壺更衣よりも身分の高い女御たち、更衣と対等の身分の女性たち、更衣よりも下の身分の女性たち、というように三層に重なり合った反感や嫉妬や憎悪の中で捉えている。さらに世間の人たちの心ない噂もあるし、「恨《うら》みを負《お》ふ積《つ》もりにやありけむ（人々からの怨恨が積もりに積もったからであろうか）」の部分には、この物語の語り手（ナレーター）の推測までも書き加えてある。このように複雑な人間関係の網の目を、一連の文章で描き上げることのできた物語文学の「文体」を、近代小説を読み慣れた私たちは改めて再評価すべきではなかろうか。

なお、桐壺帝のモデル（准拠）は、実在した醍醐天皇だとするのが、中世の注釈書『河海抄《かかいしょう》』（四辻善成《よつつじよしなり》著）の立場である。この『河海抄』の説は、虚構の文学作品と、事実としての歴史とを響映させ、重ね合わせ、虚構と真実が入り乱れる点に、物語の面白さを見出そうとするものである。

また、先ほど引用した原文の中の「世《よ》の例《ためし》にも成《な》りぬべき御持《も》て成《な》しなり」の部分は、古来、玄宗《げんそう》皇帝と楊貴妃《ようきひ》の悲劇を歌った白楽天（白居易）『長恨歌』を踏まえていると考えられてきた。漢詩の『長恨歌』と日本の物語とを響き合わせるのが、紫式部の意識的な創作法であることが指摘されていたのである。

須磨への旅立ち

日本文学の普遍的なストーリーの一つに、「貴種流離譚《きしゆりゆうりたん》」があるとは、折口信夫《おりくちしのぶ》が指摘したことである。『古事記』の昔から、ヒーローやヒロインは旅をしてきた。『伊勢物語』では在原業平《ありわらのなりひら》の東下《あずまくだ》りが語られるし、『源氏物語』では光源氏の須磨《すま》・明石《あかし》への旅が大きな山場となる。

都での生活に行き詰まった若者は、遠い世界へ旅に出ることで、新しい自分に生まれ変わることができる。旅先で結婚相手を見つけたり、宝物を獲得するパターンが多いのは、旅によって「新しい人間関係」が得られ、自分をめぐる状況が一変することを強調しているからだ。

光源氏は、須磨・明石への足かけ三年の旅で、明石の君という妻、そして明石の姫君という娘を得た。この姫君は、後に明石中宮となり、男親王《おとこみこ》を何人も産む。これによって、光源氏の孫が天皇の位に就くことが確実となった。須磨巻の一節を、読んでみよう。

須磨《すま》には、いとど心尽《こころづ》くしの秋風《あきかぜ》に、海《うみ》は少《すこ》し遠《とほ》けれど、行平《ゆきひら》の中納言《ちゆうなごん》の「関吹《せきふ》き越《こ》ゆる」と言《い》ひけむ浦波《うらなみ》、夜々《よるよる》は、げにいと近《ちか》く聞《き》こえて、又無《またな》く哀《あは》れなる物《もの》は、かかる所《ところ》の秋《あき》なりけり。

光源氏は、都から遠く海辺まで旅をしてきて、自分の人生の来《こ》し方《かた》と行く末を見つめている。「心尽くし」とあるように、光源氏の心は数々の苦悩と悲哀に満ちている。しかしそれが、新しい心の発見と再生に繋がるのだ。過《あやま》ちの多かった古い青春の恋を葬り、新しく大人として生まれ直す。「死と再生」の主題を背後に秘めて、レトリック（文学的な表現技法）を凝らした名文である。

この場面で用いられているレトリックを、二つ指摘しておこう。「浦波《うらなみ》、夜々《よるよる》は」の部分は、「浦波が寄る」と「夜々《よるよる》」の掛詞《かけことば》が用いられている。「掛詞」（懸詞）は、一つの言葉の同音異義語を意図的に用いて、一つの言葉を二つの言葉に「増加・拡大」する技法である。一つの言葉が二つの言葉に増大して、ややもすれば凝縮力を失い、意味不明になりかねないところを、「波」と「寄る」の「縁語」によって、緊密に言葉が繋ぎ合わされる。掛詞と縁語と言う二つの技法を、ほんの短い表現の中に収めている。

もう一つは、古歌の引用である。「関吹き越ゆる」の部分は、在原業平の兄である行平が、かつて須磨を訪れて、「旅人《たびびと》は袂涼《たもとすず》しくなりにけり関吹《せきふ》き越《こ》ゆる須磨《すま》の浦風《うらかぜ》」という和歌を詠んだことを踏まえている。須磨には、室町時代の謡曲『松風《まつかぜ》』で有名な、行平に愛された海女《あま》である「松風《まつかぜ》・村雨《むらさめ》」姉妹の伝説も残っている。紫式部は、『源氏物語』の読者に向かって、「須磨巻の光源氏と、在原行平とを重ね合わせ、響き合わせて読んで下さいね。行平の歌のことは、あなたもご存じでしょう」と、そっと耳元で囁いていているのである。

さらに、須磨巻との文学的な響映は、近代にも及んでいる。明治の文豪・夏目漱石は、謡曲を愛したことでも有名だが、「涼しさの闇を来るなり須磨の浦」という俳句を残している。漱石もまた、松山・熊本・ロンドンと流離の旅を繰り返し、自分の本当の心を探し続けた。漱石が、彷徨《ほうこう》する青春の悩みを描いた須磨巻にゆかりの俳句を作ったことを思い合わせるならば、『源氏物語』と謡曲『松風』と漱石という、遙かな文学的な繋がり、すなわち「響映」の風が、現代の読者の心にも吹き渡って来る。

優雅なる暮らし

須磨・明石への旅から都に戻った光源氏は、六条院《ろくじょういん》という大邸宅を造営した。二万坪に及ぶ敷地に、春夏秋冬の四季の庭を造り、妻や娘を住まわせた。ここに、「王朝の雅《みやび》」を体現した優雅なる日々が現前した。光源氏は、三十六歳の男盛りを迎えている。「玉鬘十帖《たまかずらじゅうじょう》」と呼ばれている巻々は、玉鬘《たまかずら》・初音《はつね》・胡蝶《こちょう》・螢《ほたる》・常夏《とこなつ》・篝火《かがりび》・野分《のわき》・行幸《みゆき》・藤袴《ふじばかま》・真木柱《まきばしら》である。季節感に満ちた巻々は、『古今和歌集』の四季歌と響映している。また、それぞれの巻には、優雅であると同時に、胸を締め付けられるような切なさと愁いに満ちた本文がある。

昭和の文豪・三島由紀夫は『日本文学小史』で、光源氏の二十歳の青春の絶頂期である「花宴《はなのえん》」巻と、三十六歳の壮年期の絶頂期である「胡蝶」巻とを対比させて、賞賛している。三島は、五十四の巻から、あえてこの二つの巻だけを取り出した。そして、人間が感じる快楽が、この二つの巻では盛《さか》りの花のように咲き誇っていると感嘆し、優雅なる宴《うたげ》を描いたフランスの宮廷画家・ワットーの世界を思わせると述べている。

つまり、三島由紀夫は、『源氏物語』とワットーの絵画を響映させて、鑑賞しているのである。この「響映読み」の先蹤は、三島の親友だったドナルド・キーンにある。キーンは、三島よりも早く、自著の『日本文学史』で、『源氏物語』の美しさと儚《はかな》さをワットーに喩《たと》えて論じている。

死別の悲しみ

人間の心のすべての領域をカバーしたかのような『源氏物語』は、生きる喜びが生きる哀しみに一転する人の世の無常をも、凝視している。光源氏の最愛の妻・紫の上は、「御法《みのり》」巻で死去する。時に、四十三歳だった。死の直前の彼女の末期《まつご》の目には、一夫多妻ゆえに張り合ってきた他の妻たちが、どのように映っていたのか。紫の上が自分の死期の近いのを悟って法要を主催し、光源氏の妻たちも参集した場面を読んでみよう。

年頃《としごろ》、かかる物《もの》の折《をり》ごとに、参《まゐ》り集《つど》ひ、遊《あそ》び給《たま》ふ人々《ひとびと》の御容貌《かたち》・有様《ありさま》の、おのがじし、才《ざえ》ども、琴《こと》・笛《ふえ》の音《ね》をも、今日《けふ》や、見聞《みき》き給《たま》ふべき閉《と》ぢ目《め》なるらむ、とのみ思《おぼ》さるれば、さしも目留《めと》まるまじき人《ひと》の顔《かほ》どもも、哀《あは》れに見《み》え渡《わた》され給《たま》ふ。まして、夏冬《なつふゆ》の、時《とき》につけたる遊《あそ》び戯《たはぶ》れにも、生挑《なまいど》ましき下《した》の心《こころ》は、自《おの》づから立《た》ち交《ま》じりもすらめど、さすがに情《なさけ》を交《か》はし給《たま》ふ方々《かたがた》は、誰《たれ》も久《ひさ》しく留《と》まるべき世《よ》にはあらざ《ン》なれど、先《ま》づ我独《われひと》り行方知《ゆくえし》らずなりなむを思《おぼ》し続《つづ》くる、いみじう哀《あは》れなり。
事果《ことは》てて、おのがじし、帰《かへ》り給《たま》ひなむとするも、遠《とほ》き別《わか》れめきて、惜《を》しまる。

愛する人に先立たれるのを見送る側の人間の悲しさは、言うまでもない。だが、この世に愛する人を残し、あるいは相手の人間性を認めつつも立場上張り合ってきたライバルを残し、自分一人が先にあの世に旅立たなければならぬ人間は、もっと悲しい。『源氏物語』には、たくさんの死別が描かれる。けれども作品が進行するにつれ、次第に別離の哀しみが、個人的な体験を超えて、普遍的な感情へと昇華してゆくように感じられる。

宇治十帖の世界

光源氏亡《な》き後は、薫《かおる》と匂宮《におうみや》をめぐる恋愛が語られる。求道《ぐどう》的な薫と、好色な匂宮という、対照的な二人の貴公子に愛されたのが、浮舟《うきふね》という女性だった。薫の愛人として宇治に囲われていた浮舟は、匂宮ともかかわるようになる。浮舟と匂宮の二人が雪の日に、舟に乗って宇治川を渡る「浮舟」巻の場面を読んでみよう。

いと儚《はかな》げなる物《もの》と、明《あ》け暮《く》れ見出《みい》だす小《ちひ》さき舟《ふね》に、乗《の》り給《たま》ひて、差《さ》し渡《わた》り給《たま》ふほど、遥《はる》かならむ岸《きし》にしも漕《こ》ぎ離《はな》れたらむ様《やう》に、心細《こころぼそ》く覚《おぼ》えて、つと付《つ》きて抱《いだ》かれたるも、いと労《らう》たしと思《おぼ》す。有明《ありあけ》の月《つき》、澄《す》み上《のぼ》りて、水《みづ》の面《おもて》も曇《くも》りなきに、「これなむ、橘《たちばな》の小島《こじま》」と申《まう》して、御舟《ふね》、暫《しば》し差《さ》し留《とど》めたるを見給《みたま》へば、大《おほ》きやかなる岩《いは》の様《さま》して、洒《さ》れたる常磐木《ときはぎ》の影《かげ》、繁《しげ》れり。「かれ、見給《みたま》へ。いと儚《はかな》けれど、千年《ちとせ》も経《ふ》べき緑《みどり》の深《ふか》さを」と宣《のたま》ひて、

(匂宮)年経《としふ》とも変《か》はらむ物《もの》か橘《たちばな》の小島《こじま》の崎《さき》に契《ちぎ》る心《こころ》は

女《をんな》も、珍《めづ》らしからむ道《みち》の様《やう》に覚《おぼ》えて、

(浮舟)橘《たちばな》の小島《こじま》の色《いろ》は変《か》はらじをこの浮舟《うきふね》ぞ行方《ゆくえ》知《し》られぬ

常緑樹にかけて永遠の愛を誓う男の言葉にもかかわらず、それを信じられない女との、心のすれ違い。今、自分の乗っている舟が、このままあの世へと自分を連れてゆくのではないかという、女の恐れ。この浮舟の行方こそ、宇治十帖だけでなく、『源氏物語』全編の到達点を照らし出す。

この浮舟巻の名場面は、しばしば美術作品にも描かれた。それらの「源氏絵《げんじえ》」と浮舟

巻を響映させて気づくのは、「ここが橘の小島です」と教える役目の船頭が、この舟に乗っているはずなのだが、描かれた源氏絵には、匂宮と浮舟の二人だけが舟に乗っている構図がほとんどである。浮舟と匂宮と二人だけの濃密な愛の空間を、絵師たちは視覚化したかったのだろう。

3　『源氏物語』と日本文化

『源氏物語』の影響史

『源氏物語』が古典として研究対象となったのは、鎌倉時代の初期である。後世への影響力の大きさから見ると、先に述べたように、藤原定家が「青表紙本」という本文を校訂したのが、研究の濫觴《らんしょう》だと言える。定家は、『源氏物語奥入《おくいり》』という注釈書も著した。その後、安土桃山時代までに、四辻善成『河海抄』、一条兼良《いちじょうかねら》（カネヨシとも）『花鳥余情《かちょうよせい》』、三条西実隆《さんじょうにしさねたか》『細流抄《さいりゅうしょう》』、中院通勝《なかのいんみちかつ》『岷江入楚《みんごうにっそ》』などのすぐれた注釈書が次々に書かれ、『源氏物語』が引用した古歌や漢詩や仏典の典拠、物語の文脈の中での言葉の意味、登場人物や舞台となった場所のモデル（准拠）、主題などが探究されていった。

江戸時代に入ると、北村季吟『湖月抄《こげつしょう》』が、それ以前の注釈を集大成し、なおかつ、読みやすい紙面構成によって、『源氏物語』の扉を多くの人々に開いた。季吟の『湖月抄』は、本文を提示し、本文のすぐ横に簡単な語釈や主語などを傍記し、なおかつ上欄の頭注に解釈の歴史をわかりやすく要約している。このようなレイアウトの工夫によって、誰でも『源氏物語』の原文を理解することが可能となった。これは、まさに、画期的なことだった。

その後、本居宣長《もとおりのりなが》が『玉の小櫛《たまのおぐし》』を著して、季吟が集大成した解釈の微調整がなされた。現在では、『湖月抄』をベースとして、宣長の解釈を増補した『増註湖月抄《ぞうちゅうこげつしょう》』が、最良のテキストである。

近代文学と『源氏物語』

近代文学の大きな転換は、「言文一致《げんぶんいっち》」と自然主義文学の隆盛である。話すように書くという方針の確定は、散文表現から「文語」を消滅させ、「口語」一辺倒になってしまった。永く日本文学における散文の「見本＝手本」とされてきた『源氏物語』の文体は、文語で書かれている。口語で書かれた近代文学からは、次第に『源氏物語』の影響力が薄れてゆくのはやむをえなかった。優雅なる文学の系譜が途絶えかけた時、与謝野晶子は『源氏物語』を口語訳したが、森鷗外《もりおうがい》や上田敏《うえだびん》たちは、晶子訳を支持し、『源氏物語』の世界を何とか残そうと努力した。

明治四十五年の与謝野晶子『新訳源氏物語』以来、谷崎潤一郎《たにざきじゅんいちろう》・円地文子《えんちふみこ》、そして現代の文学者たちが、『源氏物語』の口語訳を試み続けているのも、『源氏物語』を近代文学・現代文学として、生き続けさせようとする試みにほかならない。

先ほど触れた三島由紀夫も、現代文学を世界文学に仲間入りさせるために、『源氏物語』の優雅で思弁的な世界観を復権させようと試みた。『源氏物語』は、時代の変化や人々の価値観の変化を越えて、甦り続けている。

『源氏物語』と日本の文化、そして世界へ

さらに文学以外でも、先に少し言及した美術の分野で、『源氏物語絵巻《えまき》』や源氏絵の数々が描かれている。「源氏香《げんじこう》」の香道や、『源氏物語』をモチーフとしてデザインされた工芸品など、『源氏物語』に起源を持つ「源氏文化圏」の広がりは大きい。

このように、永きにわたって日本文化の本流を形成してきた『源氏物語』が、世界文

学へと変貌を遂げる契機となったのが、一九二五年から三三年にかけて刊行された、アーサー・ウェイリー（ウエーリ）の英語訳だった。この翻訳の功績は非常に大きかった。ウェイリーの英語訳は、散文詩のように美しく、しかも、わかりやすい。そのうえ思索的であり、文明批評的である。

ウェイリーの英語訳の出現によって注目を浴びた『源氏物語』は、世界各国の言語へと翻訳された。各言語による翻訳も、一種類にとどまらない。英語訳の場合、サイデンステッカー、タイラーなどの名訳が続いた。近年は、ウェイリーの英語訳を、もう一度日本語に訳し戻す試みもなされた（毬矢まりえ＋森山恵姉妹訳、左右社）。この日本語訳も『源氏物語』の美しい響映の成果である。

魅力的で多彩な登場人物、波瀾万丈のストーリー、そして人生に対する深い洞察と批評性。『源氏物語』は二十一世紀の世界に向けて、再生と新生のメッセージを発信し続けるだろう。現代人が自分自身の価値観や理想と、『源氏物語』を響き合わせながら読むことが、『源氏物語』を生き続けさせる。

◉第三章

『和泉式部日記』と『更級日記』の近代性

1　王朝日記文学の系譜

日記文学の誕生

本章では、『和泉式部日記《いずみしきぶにっき》』と『更級日記《さらしなにっき》』を中心に取り上げるが、その理由は、この二つの作品が、前章で触れた『紫式部日記』や『源氏物語』と関連していること、および、近代の文学者にも少なからぬ興味と関心を持たれた作品だからである。

王朝の日記文学が、ジャンルの異なる『源氏物語』と響き合い、なおかつ、近代文学とも繋がっていることに注目することは、重要な観点となるであろう。王朝日記もまた、さまざまな「響映読み」を試みることが可能であり、それゆえ現代へのメッセージ性においても優れていると考えられるからである。

まず、日記文学の概略を述べておきたい。日記文学の最初の作品は、紀貫之《きのつらゆき》が女性の視点から書いた『土佐日記《とさにっき》』である。子どもを失った哀しみを抱えた女性が、土佐から京都に戻るまでの海路の旅を描く。この『土佐日記』はその後、数多く書かれる「旅日記」の源流ともなった。

いささか唐突に感じられるかもしれないが、響映読みをするならば、『土佐日記』は森鷗外の『舞姫《まいひめ》』の構想を生み出している、とさえ言える。『舞姫』は、深い喪失感を胸にドイツから船で帰国する人物の回想日記という体裁である。視点人物が男性であるものの、『土佐日記』と共通する枠組を見い出せる。

日記文学の展開

『土佐日記』の後、精緻な女性心理を描いた藤原道綱母《みちつなのはは》（藤原倫寧女《ともやすのむすめ》とも）の『蜻蛉日記《かげろうにっき》』が出現するに及んで、平安時代の日記文学の方向性が決定的となった。つまり、女性による、自己の内面と深く向き合う日記の系譜が、誕生したのである。

前章で取り上げた『紫式部日記』は、中宮彰子《しょうし》の出産記録という公的に側面を持つにしても、自己の内面描写の精緻さという点において、『蜻蛉日記』の系譜上に位置する。そして、紫式部による『源氏物語』の圧倒的な影響を受けつつ、みずからの生涯を回顧して綴った菅原孝標女《すがわらのたかすえのむすめ》の『更級日記』は、平安時代の日記文学の一つの到達点を示している。なお、『紫式部日記』に見られる公的な記録性という側面は、中世の宮廷女房によって書かれた『讃岐典侍日記《さぬきのすけにっき》』や『たまきは《ワ》る』（別名、『建春門院中納言日記《けんしゅんもんいんちゅうなごんにっき》』）などに受け継がれた。

『紫式部日記』に書かれている、辛辣な人物評の俎上《そじょう》に挙げられたうちの一人が、和泉式部である。その和泉式部による『和泉式部日記』は、女性の内面の葛藤《かっとう》が恋愛相手の男性との贈答歌によって展開してゆく。「日記」と銘打たれているが、物語と近い読後感を残す作品である。『和泉式部日記』に見られる恋愛感情の表出は、中世の後深草《ごふかくさ》院二条《いんにじょう》による『とは《ワ》ずがたり』の、特に第一部に、その系譜が確認できる。

2 『和泉式部日記』の世界

歌日記というスタイル

『和泉式部日記』に挿入されている和歌は、恋歌がほとんどであり、恋人である敦道《あつみち》親王との「贈答歌《ぞうとうか》」が中心である。ただし、恋愛に苦悩する和泉式部自身の内面が表白された「独詠歌《どくえいか》」も多い。また、『和泉式部日記』は、和歌と散文が混じっており、「歌《うた》日記《にっき》」と呼んでもよいほどである。この点で、「歌物語」の代表作とされる『伊勢物語』の系譜上にも位置付けられる。

『伊勢物語』は、「昔、男ありけり」という三人称で語られている。ただし、成立伝説の中には、在原業平が一人称で書き残した自筆の「日記」が先にあって、その没後に、女性歌人として名高い、妻の伊勢が、三人称の物語へと書き改めて公表した、とするものがある。もとより伝説だが、「日記」と「物語」のジャンルの近似性を示唆《しさ》しており、興味深い。

一方『和泉式部日記』は「日記」と言いつつ、主人公は「我＝私」ではなく「女」という三人称で書かれており、『和泉式部物語』という別名もある。『和泉式部日記』は、和泉式部本人を作者とする説と、別人説がある。私には本人が書いたように思える。和泉式部は、自らの手で「日記」を「物語的な日記」へと膨らませたのではないか。「歌日記」は、「歌物語《うたものがたり》」でもあるのだ。

『和泉式部日記』は、長保《ちょうほう》五年（一〇〇三）の初夏から冬、そして新年に至る、一年にも満たない日々を描いた日記である。今は亡《な》き為尊《ためたか》親王（冷泉《れいぜい》天皇の第三皇子）の弟宮である敦道親王（冷泉天皇の第四皇子）と交際が始まり、ついには親王の邸に引き取られるまでの経緯を綴る。恋の高まりと成就《じょうじゅ》、将来に対する不安の中で、日記が閉じられている。

ちなみに、『紫式部日記』は、その五年後の寛弘《かんこう》五年（一〇〇八）の初秋から歳末までを、描いている。

和泉式部と紫式部

ところで『和泉式部日記』に描かれている恋愛が終わってから数年後の寛弘六年に、和泉式部が中宮彰子のもとに女房として出仕して、紫式部と同僚になった。紫式部は、和泉式部の奔放華麗な恋愛を意識しつつ『源氏物語』の構想をあたため、かつ執筆した可能性が考えられる。たとえば、葵《あおい》巻で光源氏と紫の上が同じ牛車《ぎっしゃ》に乗って賀茂祭《かもまつり》（葵祭）の見物に出かける場面は、敦道親王と和泉式部が同車して世間の話題となった出来事を強く連想させる。また、和泉式部の和歌を引用した表現も、『源氏物語』には見られる。

夢よりも儚き世の中を

まず、『和泉式部日記』の冒頭部分を読んでみよう。死んだ兄と、生きている弟。そのどちらにも愛される女。複雑な恋愛劇の始まりである。

　夢よりも儚《はかな》き世《よ》の中《なか》を、嘆《なげ》き侘《わ》びつつ明《あ》かし暮《く》らすほどに、四月十余日《うづきとをかあまり》にも成《な》りぬれば、木《こ》の下《した》、暗《くら》がり持《も》て行《ゆ》く。築地《ついひぢ》の上《うへ》の草《くさ》、青《あを》やかなるも、人《ひと》は殊《こと》に目も留《とど》めぬを、哀《あは》れと眺《なが》むるほどに、近《ちか》き透垣《すいがい》のもとに人《ひと》の気配《けはひ》すれば、誰《たれ》ならむと思《おも》ふほどに、故《こ》宮《みや》に侍《さぶら》ひし小舎人童《こどねりわらは》なりけり。

　哀《あは》れに物《もの》の覚《おぼ》ゆるほどに来《き》たれば、「などか、久《ひさ》しく見《み》えざりつる。遠《とほ》ざかる昔《むかし》の名残《なごり》にも思《おも》ふを」など言《い》はすれば、「その事《こと》と候《さぶら》はでは、馴《な》れ馴《な》れしき様《さま》にやと、つつましう候《さぶら》ふうちに、日頃《ひごろ》は山寺《やまでら》に罷《まか》り歩《あり》きてなむ。いと便《たよ》りなく、徒然《つれづれ》に思《おも》ひ給《たま》うらるれば、御替《か》はりにも見奉《みたてまつ》らむとてなむ、帥宮《そちのみや》に参りて候《さぶら》ふ」と語《かた》る。

「いと良《よ》き事にこそ、あ《ン》なれ。その宮《みや》は、いと貴《あて》に、けけしうおはしますなるは。昔《むかし》の様《やう》には、えしもあらじ」など言《い》へば、「然《しか》おはしませど、いと気近《けぢか》くおはしまして、『常《つね》に参《まゐ》るや』と問《と》はせおはしまして、『参《まゐ》り侍《はべ》り』と申《まう》し候《さうら》ひつれば、『これ、持《も》て

参《まゐ》りて、いかが見給《みたま》ふとて、奉《たてまつ》らせよ』と宣《のたま》はせつる」とて、橘《たちばな》の花《はな》を取《と》り出《い》でたれば、
「昔《むかし》の人《ひと》の」と言《い》はれて。
「さらば、参《まゐ》りなむ。いかが聞《き》こえさすべき」と言《い》へば、言葉《ことば》にて聞《き》こえさせむも、傍《かたは》ら痛《いた》くて、「何《なに》かは、徒徒《あだあだ》しくもまだ聞《き》こえ給《たまは》はぬを。儚《はかな》き事《こと》をも」と思《おも》ひて、
　薫《かを》る香《か》に比《よそ》ふるよりは時鳥《ほととぎす》聞《き》かばや同《おな》じ声《こゑ》やしたると
と聞《き》こえさせたり。

「築地《ついひぢ》の上《うへ》」の青草を眺めながら、一年前に急逝した、昔の恋人（為尊親王《ためたか》）を偲《しの》んでいた女の心の間隙に、その弟（「帥《そち》の宮《みや》」敦道親王）からの使いの少年がやって来たのだった。敦道親王は、和泉式部に「橘の花」を贈ってきた。この花を贈られた和泉式部は、「昔の人の」という古歌を連想して、しばし思い出に耽《ふけ》った。

　この場面は、『古今和歌集』の読人知《よみびとし》らずの、「五月待《さつきま》つ花橘《はなたちばな》の香《か》を嗅《か》げば昔《むかし》の人《ひと》の袖《そで》の香ぞする」という歌を踏まえている。和泉式部にとって「昔の人」は、むろん前年の六月に、流行病で急死した為尊親王を指す。

　ところが、この「橘の香」がきっかけとなり、和泉式部の心の中で、死んだ兄と、生

きている弟とが比《よそ》えられ、二人の男性のイメージが立体化してゆく。彼女は、「薫《かを》る香《か》に比《よそ》ふるよりは時鳥《ほととぎす》聞《き》かばや同《おな》じ声やしたると」と詠む。去年の時鳥と、今年の時鳥が、同じ鳴き声がどうか、つまりあなたたち兄弟の声が似ているかどうか知りたい、という意味の歌を、使いの少年に託した。

『源氏物語』にも、この時の和泉式部と同じように、「橘の香」によって、死者と生者を重ね合わせる場面が胡蝶《こちょう》巻にある。光源氏は死せる夕顔《ゆうがお》への愛情を、生ける玉鬘《たまかずら》へと投影させせずにはいられない。玉鬘は母である夕顔の再来であり、顔も声もそっくりなのだった。

光源氏は、「橘《たちばな》の薫《かを》りし袖《そで》に比《よそ》ふれば変《か》はれる身《み》とも思《おも》ほえぬかな」という和歌を玉鬘に贈り、玉鬘は、「袖《そで》の香《か》を比《よそ》ふるからに橘《たちばな》のみさへ儚《はかな》くなりもこそすれ」という返歌を詠んだ。『和泉式部日記』の冒頭と対応しており、紫式部が、和泉式部の人生と和歌を意識していたことを思わせる。なお、玉鬘の返歌の「みさへ」は、「橘の実」と「身さへ」の掛詞である。

このように、『和泉式部日記』の冒頭部分は、『古今和歌集』や『源氏物語』と響映させることで、和歌・物語・日記というジャンルの垣根を越えた感動が得られるのである。

ちなみに、堀辰雄《ほりたつお》の小説『聖家族《せいかぞく》』（一九三〇年）の冒頭は、「死があたかも一つの季節を開いたかのようだった」という印象的な一文から始まっている。『和泉式部日記』でも、兄宮である為尊親王の死が、弟宮である敦道親王との新しい恋の季節を開いた。青草、橘、時鳥などが、新しい季節の景物であり、「哀れ」という感情がその季節の通奏低音となっている。『和泉式部日記』は、堀辰雄の近代小説とも響き合う。

往還する心

次に、和泉式部と敦道親王のこまやかな心のやりとりを、読んでみよう。季節は冬。女はまもなく、親王の邸に迎え入れられようとしている。

色々《いろいろ》に見《み》えし木《こ》の葉《は》も、残《のこ》りなく、空《そら》も明《あ》かう晴《は》れたるに、漸《やうや》う入《い》り果《は》つる日光《ひかげ》の、心細《こころぼそ》く見《み》ゆれば、例《れい》の、聞《き》こゆ。

（女）慰《なぐさ》むる君《きみ》もありとは思《おも》へどもなほ夕暮《ゆふぐれ》は物《もの》ぞ悲《かな》しき

とあれば、

（男）「夕暮《ゆふぐれ》は誰《たれ》も然《さ》のみぞ思《おも》ほゆる先《ま》づ言ふ君《きみ》ぞ人《ひと》に優《まさ》れる

と思《おも》ふこそ、哀《あは》れなれ。唯今《ただいま》、参《まゐ》り来《こ》ばや」とあり。
又《また》の日《ひ》の、まだ早朝《つとめて》、霜《しも》のいと白《しろ》きに、
（男）「唯今《ただいま》のほどは、いかが」とあれば、
（女）起《お》きながら明《あ》かせる霜《しも》の朝《あした》こそ優《まさ》れるものは世《よ》に無《な》かりけれ
など聞《き》こえ交《か》はす。例《れい》の、哀《あは》れなる事《こと》ども、書《か》かせ給《たま》ひて、
（男）我一人《われひとり》思《おも》ふ思《おも》ひは甲斐《かひ》も無《な》し同《おな》じ心《こころ》に君《きみ》もあらなむ
御返《かへ》り、
（女）君《きみ》は君我《きみわれ》は我《われ》とも隔《へだ》てねば心々《こころごころ》にあらむものかは

愛の成就を目前にしながらも、夕暮になると抑えがたく、物悲しい気持ちが心の奥底からこみ上げてきて、何度も歌を詠まずにはいられない女。それに応《こた》えて、何度でも歌を詠み交わす男。同語反復のような歌のやり取りに、二人の愛情が滲《にじ》む。しかし敦道親王は、日記の冒頭から四年半後の寛弘四年（一〇〇七）に急逝する。『紫式部日記』が和泉式部の生き方を、「怪《け》しからぬ方《かた》こそあれ」（道徳的に見て批判すべき生き方で感心できないと言わざるを得ない）と批判したのは、親王の死の翌年のことだった。

3　『更級日記』の世界

長い生涯を描く

『更級日記』の特徴は、作者である菅原孝標女《すがわらのたかすえのむすめ》が、十三歳の少女時代から、五十二歳の晩年までの生涯を書いた点にある。このような作品は、それまでになく、画期的である。日記というよりも回想記と呼んだ方がよいくらいである。父の任地であった上総《かずさ》国（千葉県の中部）からの上京、物語に耽溺《たんでき》した少女時代、姉や両親との家族の生活、短かった内親王家への宮仕え、結婚と出産、夫との死別、各地の寺社への物詣《ものもう》で、そして寂しく孤独な晩年の日々……。

自分の人生を振り返り、ある一時期だけでなく、生涯にわたる主な出来事を書き綴ったのが『更級日記』である。けれども、作品の分量は決して長くない。内容自体にも、劇的な要素はほとんどなく、全体に静かで、ひそやかな書きぶりである。けれども、読めば読むほど、精緻で陰翳《いんえい》に富んだ味わい深い作品である。

上京の旅

日記は、数え年の十三歳で東国から都へ上る旅の思い出から始まる。冒頭部を読んでみよう。

東路《あづまぢ》の道《みち》の果《は》てよりも、猶《なほ》、奥《おく》つ方《かた》に、生《お》ひ出《い》でたる人《ひと》、如何《いか》ばかりかは奇《あや》しかりけむを、如何《いか》に思《おも》ひ始《はじ》めける事《こと》にか、「世《よ》の中《なか》に、物語《ものがたり》と言《い》ふ物《もの》の有《あ》ンなるを、如《い》何《か》で見《み》ばや」と思《おも》ひつつ、徒然《つれづれ》なる昼間《ひるま》・宵居《よひゐ》などに、姉《あね》・継母《ままはは》など様《やう》の人々《ひとびと》の、其《そ》の物語《ものがたり》、彼《か》の物語《ものがたり》、光源氏《ひかるげんじ》の有《あ》る様《やう》など、所々《ところどころ》語《かた》るを聞《き》くに、いとど床《ゆか》しさ増《ま》されど、我《わ》が思《おも》ふままに、空《そら》に、如何《いか》でか覚《おぼ》え語《かた》らむ。

いみじく心許無《こころもとな》きままに、等身《とうしん》に薬師仏《やくしぼとけ》を造《つく》りて、手洗《てあら》ひなどして、人間《ひとま》に密《みそ》かに入《い》りつつ、「京《きやう》に、疾《と》く上《あ》げ給《たま》ひて、物語《ものがたり》の多《おほ》く候《さぶら》ふなる、有《あ》る限《かぎ》り見《み》せ給《たま》へ」と、身《み》を捨《す》てて、額《ぬか》を衝《つ》き、祈《いの》り申《まう》す程《ほど》に、十三《とをあまりみつ》に成《な》る年《とし》、上《のぼ》らむとて、九月三日《ながつきみか》、門《かど》出《で》して、「いまたち」と言《い》ふ所《ところ》に移《うつ》る。

ここでは、「覚え語らむ」の次を句点にして、全体を二つの文とする説に従ってみた。ただし、この箇所を読点にして、全体を一文とする解釈もある。正確には、「覚え語らむ」

の次は、句点と読点の中間のような間合《まあ》いなのだろう。切れるともなく、続くともない、微妙なポーズ、すなわち「間」が置かれている。

この長大な一文ないし二文は、「十三歳の少女が、物語を求めて東海道を上《のぼ》ることになった」という過去の事実を語るためだけに、書き出されたのではない。すでに「物語体験」を持っている継母《ままはは》や姉たちを羨ましく思い、彼女たちから聞く切れ切れの物語世界へと誘われ、物語との出会いを求めて薬師仏に祈るという、まるで蔓草《つるくさ》が自然に伸び広がるような作者の内面の成長を、手に取るように感じさせる文体である。

文章の中に、作者をめぐるさまざまな人間関係を織り込みながら、自分自身の複雑な心の中を描いている。ことに、「如何《いか》に思《おも》ひ始《はじ》めける事《こと》にか」という部分は注目される。五十二歳を過ぎて日記を執筆中の作者が、かつて十三歳だった四十年も前の自分自身の心の中をのぞき込んでいる。『源氏物語』では、このような箇所を「草子地《そうしじ》」と呼び習わしている。語り手が、登場人物の内面を推測し、読者に向かって直接に語りかけるナレーションの部分である。

『更級日記』は、『源氏物語』に深く沈潜し、その文体を修得した女性による「物語と自分」をめぐる回想なのであり、それゆえに、日記でありながら、草子地を含む物語の文体で書かれているのである。「東路《あづまぢ》の道《みち》の果《は》て」である東国から上京する作者の姿は、ごく自然に『源氏物語』の最後のヒロイン浮舟《うきふね》と重なり合う。作者は冒頭の一文で、早くも読者を『源氏物語』の磁場《じば》に引き込むことに成功している。言わば、自分自身と浮舟とを響映させる文体を、冒頭部分で駆使しているのである。

なぜ、これほどの表現力が可能だったのか。孝標女の父親は、菅原道真《みちざね》を祖とする学問の家柄に生まれ、娘である孝標女も深い学識を身に付けていた。加えて、孝標女の実母の姉、すなわち作者の伯母《おば》に当たる女性は、『蜻蛉日記』を書いた藤原道綱母《みちつなのはは》である。

また、先に引用した冒頭の一文に登場した「継母《ままはは》」は上総大輔《かずさのおおすけ》という女性で、彼女は高階成章《たかしなのしげあきら》の姪《めい》に当たる。その高階成章の妻は、紫式部の娘である大弐三位《だいにのさんみ》である。作者にとって、この継母は、自分が『源氏物語』と繋がっていることを証しだてる大切な存在だった。ちなみに、作者が生まれた寛弘五年(一〇〇八)は、『紫式部日記』の書かれた年であり、紫式部はまさに『源氏物語』を執筆中だった。

物語から現実へ

作者は上京した翌年、遂に憧れの『源氏物語』と巡り会う。耽読《たんどく》の果てに、光源氏に愛された夕顔や、薫《かおる》に愛された浮舟のような人生を、自分も生きたいと熱望した。だが、現実は物語と違っていた。

其《そ》の後《のち》は、何《なに》と無《な》く紛《まぎ》らはしきに、物語《ものがたり》の事《こと》も、打《う》ち絶《た》え、忘《わす》られて、物忠実《ものまめ》やかなる様《さま》に、心《こころ》も成《な》り果《は》ててぞ、（孝標女）「何《な》どて、多《おほ》くの年月《としつき》を、徒《いたづ》らにて、臥《ふ》し起《お》きしに、行《おこな》ひをも、物詣《ものまうで》をも、せざりけむ。この有《あ》らまし事《ごと》とても、思《おも》ひし事《こと》どもは、此《こ》の世《よ》に有《あ》ンべかりける事《こと》どもなりや。光源氏《ひかるげんじ》ばかりの人《ひと》は、此《こ》の世《よ》に御座《おは》しけりやは。薫大将《かをるだいしやう》の、宇治《うぢ》に隠《かく》し据《す》ゑ給《たま》ふべきも無《な》き世《よ》なり。あな、物狂《ものぐる》ほし。如何《いか》に由無《よしな》かりける心《こころ》なり」と思《おも》ひ沁《し》み果《は》てて、忠実忠実《まめまめ》しく過《す》ぐすとならば、然《さ》ても有《あ》り果《は》てず。

長大な心中思惟《しんちゅうしい》によって、これまでの人生が総括され、その意義と限界が反芻《はんすう》されている。これは、「若菜上《わかなのじょう》」巻と「若菜下《わかなのげ》」巻まで書き進めた末に、『源氏物語』がようやく辿《たど》り着いた文体であった。『更級日記』の作者の文体は、それと匹敵している。引用本文を、もう一度見てみよう。物語は「物狂《ものぐる》ほし」く（馬鹿らしく）自分の心は「由無《よしな》かりける」（無意味でつまらない考えに取り憑《つ》かれている）存在であり、その対極の現実は「物忠実《ものまめ》やか」（実直）で、「忠実忠実《まめまめ》し」い（きまじめで着実な）存在である。
物語が、浮世離れした非日常だとすれば、現実は、地に足が付いた誠実な世界である。しかし、作者は、「然《さ》ても有《あ》り果《は》てず」と書いていることから、物語への憧れを完全に捨ててしまったわけではない。

作者は、『源氏物語』に登場する夕顔《ゆうがお》のようにも、浮舟のようにも生きられなかった。光源氏も、薫も、彼女の前には現れなかった。だが、物語のように生きたいと願った女の一生を書き続けることで、その日記の中に少女時代に夢想した物語の夢の美しさをしっかりと定着させることができたのではないだろうか。言うならば、「物語への幻滅」という、究極の物語を、彼女は『更級日記』で創作したのである。

宮内庁の御物本《ぎょぶつぼん》『更級日記』の巻末には、この日記の作者が『夜半《よわ》の寝覚《ねざめ》』（『夜《よる》の寝覚』とも）、『御津《みつ》の浜松《はままつ》』（『浜松中納言物語』）、『みづからくゆる』、『あさくら』などの物語の作者である、と記されている。その真偽は、研究者の間でも見解が分かれている。孝標女自身は『更級日記』の中では、物語創作のことには何も触れていない。しかしながら、物語と出会った実人生を、物語のような文体で日記に書いた孝標女は、「物語を生きた女」だったと言えよう。

なお、孝標女の作と伝えられるこれらの物語が、現代文学に影響を及ぼしているのも、物語創造の不思議な暗合である。『夜の寝覚』は、中村真一郎『寝覚』、円地文子《えんちふみこ》『やさしき夜《よる》の物語』、津島佑子《つしまゆうこ》『夜の光に追われて』などに素材を提供し、『浜松中納言物語』は、中村真一郎《なかむらしんいちろう》の戯曲『あまつ空《そら》なる…』や、夢と転生をモチーフとする三島由紀夫の四部作「豊饒《ほうじょう》の海《うみ》」に影響を与えた。

わが国の近現代の小説は、明治時代以来、『源氏物語』ではなく、西欧の小説を模範としてきた。ところが、わが国の古典物語の力を注入しようという試みも、なされている。その際に、物語中の物語である『源氏物語』だけでなく、「究極の物語」とも言える菅原孝標女の書いた物語群もまた、豊かな沃野だった。『更級日記』、および菅原孝標女と響映をすることを目指す文学者たちが、相次いで出現したからである。

4　王朝日記文学と近代

近代文学と王朝日記文学

王朝日記文学は近代になって再発見された、と言ってもよいくらい、近現代の文学と深い関わりがある。藤原道綱母の『蜻蛉日記』や、『和泉式部日記』、菅原孝標女の『更級日記』などは、近代以前にはほとんど注目されてこなかったが、近代になって田山花袋《たやまかたい》・室生犀星《むろうさいせい》・堀辰雄たちが作品化したり、エッセイの中で触れたりしている。

『蜻蛉日記』に題材を取った近代小説としては、田山花袋『道綱の母』、室生犀星『かげろうの日記遺文《いぶん》』、堀辰雄『かげろうの日記』『ほととぎす』などがある。また、堀辰雄『姨捨《おばすて》』は、『更級日記』をもとにしている。『源氏物語』の口語訳で知られる与謝野晶子も、『蜻蛉日記』『和泉式部日記』『紫式部日記』を現代語訳しており、王朝日記への関心の高さがうかがわれる。

リアリズムとロマネスク

それでは、王朝時代の女性たちが書いた日記文学が、近代になって初めて深く共感され、新たな文学創造を促すほどの影響力を発揮するようになったのは、なぜなのだろうか。王朝日記との響映という観点から、近現代文学を開拓した文学者たちの心を、推測してみよう。そこには、二つの要因があるのではないか。

一つは田山花袋のように、いつの時代でも変わらない人間心理の普遍性に着目し、「人生の悩み」を描き出すためである。もう一つは堀辰雄のように、近代において主流となった自然主義的な人間観に対して、もう一つの文学世界を提供するということが考えられる。リアリズムでは描ききれない、ロマネスク（空想的、物語的）な心の微妙な綾《あや》を、近代的な文学観から最も遠い王朝文学に投影して描き出そうとするのである。室生犀星の場合は、どちらの側面も併せ持っている。私は、外国文学に造詣《ぞうけい》の深かった堀辰雄が、王朝小説を書いたことに、特に留意したいと思う。堀の『姨捨』は、『更級日記』に登場する右大弁《うだいべん》（源資通《すけみち》）という教養人とのロマネスクな心の交流に力点を置き、物語と現実が一致する可能性のあった唯一の思い出として描き出す。堀の『姨捨』の最後近くで、主人公が、「私の生涯はそれでも決して空しくはなかった」という感想を持つ設定になっているのは、原作とかなり違った印象を与えるが、堀の人生観と文学観の告白ともなっている。堀辰雄は王朝日記文学の中に、若き日から親しんできた西欧の本格的な心理小説にも通じる側面を発見し、王朝日記と西欧小説とを響映させ、自分の文学世界を創造する端緒を得たのではないだろうか。

堀辰雄の次の世代で王朝文学を再評価し、それを梃子《てこ》として創作も行ったのは、中村真一郎だった。中村はプルーストを初めとする西欧の最先端の小説と、平安時代の物語や日記とを結びつけ、すなわち響映させて、文学のあり方を追究した。自然主義や私小説が主流となる遥か以前の王朝時代に、文学の王道を見たのである。中村の読み方は、現在『源氏物語』が諸外国の読者に迎えられ、世界文学となっていることとも繋がっているよう。

◉第四章 批評文学の源流、『枕草子』と『徒然草』

1 「随筆」ではなく「批評文学」

「三大随筆」という言い方

「三大随筆」、あるいは「日本三大随筆」という言葉を耳にする機会は多い。平安時代に書かれた清少納言《せいしょうなごん》の『枕草子《まくらのそうし》』、鎌倉時代の初期に書かれた鴨長明《かものちょうめい》の『方丈記《ほうじょうき》』、そして鎌倉時代末期から室町時代初期（南北朝期）に書かれた兼好《けんこう》の『徒然草《つれづれぐさ》』。この三つの作品を総称して、「三大随筆」と称されることがある。

けれども、この三作品はどのジャンルにも含められない個性的な作品である。それらを、あえて「随筆」という、定義が曖昧なジャンルに入れてしまうのは、いかがなものか。

この三作品は、和歌でもなければ、和歌を多数含み込んでいる物語でもない。説話や日記でもない。

そこで私は、この三つの作品を「批評文学」と名付けたい。この名称ならば、一つのまとまりで括《くく》ることが可能であると思う。『枕草子』『方丈記』『徒然草』、この三つを「批評文学」と名付け変えることによって、新たな文学観を提示できるのではないか。本章では、そのような問題意識によって、論を進めたい。

テーマを決めるか、決めないか

批評文学としてこれらの三作品を包括した最大の理由は、この三作品には、それぞれの著者の個性が躍動し、著者たちの価値観や美意識や思索が、十全に開花しており、その点が、とりわけ近現代の文学者や読書人たちに共感され、支持されているからである。ただし、本章で取り上げるのは、『枕草子』と『徒然草』であるので、そのことについて、少し述べておきたい。

『枕草子』と『徒然草』は、テーマを一つに絞らず、心に思い浮かんだことを、そのまま記述してゆくという「テーマなし」のスタイルである。江戸時代に『枕草子』の注釈書『春曙抄《しゅんしょしょう》』を著した北村季吟《きたむらきぎん》は、「筆《ふで》のすさび」あるいは「筆すさび」という言葉を、『春曙抄』のあちこちで使って、「ここは、清少納言の筆のすさびである」と書いている。

「すさび」は、漢字で書くと「遊び」で、自由に遊ばせることである。この「筆のすさび」という大和言葉が、「随筆」という漢語と重ねられて、文学ジャンルの名称に繋がっていったのではないかと、私は推測している。季吟の言う「筆のすさび」とは、文章のスタイル、すなわち、自由闊達に文章を書き綴ってゆく文体自体の面白さや、そこから生まれる文章表現の価値を指摘したものであり、そこに注目した点が季吟の慧眼《けいがん》であると思う。

『春曙抄』

これに対して、『方丈記』は、「人《ひと》と栖《すみか》」という一つのテーマに絞った思索が書かれている点で、自由に書き進めて行く『枕草子』や『徒然草』とはスタイルが異なる。つまり、『方丈記』は「筆のすさび」ではなく、「人と栖」という一点に集中して、徹底的に思索した散文である。ちなみに、『方丈記』の執筆スタイルは、江戸時代の思想家本居《もとおり》宣長《のりなが》の方法論を想起させるものがある。宣長は、「もののあはれ」という言葉をキーワードにして『源氏物語』全編を読み解き、なおかつ日本文化史の全体を読み解こうとした。宣長については、本書の第七章で取り上げるが、彼の文体の論理性と迫真性は、『方丈記』の文体と似ているように私には思われる。

『方丈記』に関しては、すでに放送大学の科目として『日本文学における住まい』を作成し、『方丈記』を基本に据えて、新しい日本文学史を構想した。この授業科目を踏まえつつも、『方丈記』の影響力を前面に出して再構築したのが、放送大学叢書『方丈記と住まいの文学』（左右社、二〇一六年）だった。この本の中に、『方丈記』にかかわる私の考えを詳しく書いたので、本章では、「テーマなしの散文」という共通項を持つ『枕草子』と『徒然草』の二つを取り上げて、その現代性を探ってみることにした。

批評文学が誘《いざな》う「響映読み」

私は国文学研究に志して以来、『徒然草』をライフワークにしてきた。それは、『徒然草』を読んでいると、自分がこれまで好んで読んできた古今東西の文学作品や、自分が好きで鑑賞してきた音楽や美術などの記憶が呼び起こされてきて、それらが『徒然草』の文章と響き合い、不思議な律動によって、私自身の思索も深まってゆくように感じられるからである。

テーマを一つに限定しない自由な書き方だからこそ、さまざまな事柄《ことがら》がいくつも思い浮かんで話題が広がる。それを読む読者の心にもまた、さまざまな思いが湧き起こってくる。これが、「響映読み」の楽しさである。響映読みの最も豊饒な例が、『徒然草』や『枕草子』の読書によって得られるのである。

私はこれまで、国文学の論文や批評文を書いてきたが、ある作品の全文を現代語訳したのは、『徒然草』と『枕草子』の二作品である。どちらも、「ちくま学芸文庫」に収められている。各段ごとに原文を掲げ、現代語訳し、その後に「評」として簡潔に鑑賞文を付した。そこには、『徒然草』や『枕草子』の各章段を読んでいる過程で、私の心に湧き上がってきた「響映読み」の数々を書き記した。「筆のすさび」をもじって言えば、読書や研究にも、「読みのすさび」がありうるということを実感した。

放送大学科目の「『方丈記』と『徒然草』」（二〇一八年）では、『枕草子』にも触れた。また、放送大学の授業科目ではないが、『批評文学としての『枕草子』『徒然草』』（ＮＨＫ

出版、二〇一九年）を著したのは、この二つの散文作品の魅力を、「随筆」という観点からではなく、散文の可能性を突き詰めた「批評文学」という観点から明らかにしたかったからである。本章では、さらに一歩を進めて、「響映読み」を誘う作品こそが批評文学であり、そこに現代性があることを述べたい。

2　『枕草子』の散文

文体の創造

『枕草子』には、内容的に大きく分けると、「宮廷《きゅうてい》章段」と「列挙《れっきょ》章段」がある。「宮廷章段」は、これまでは「回想《かいそう》章段」「随想《ずいそう》章段」などと呼ばれてきたが、そこに書かれていることは宮廷での出来事が中心なので、私は「宮廷章段」と名付けている。

「列挙章段」は、「類聚《るいじゅう》章段」と呼ばれることもあり、「物尽《ものづ》くし」と呼ばれる独特の文体で書かれている。この文体は、「〜な物《もの》」で提示される場合と、「〜は」で提示される場合の二種類がある。一つの言葉が、つりばりとなって、次から次へとたくさんの言葉や思いを釣り上げてくる。これが、列挙章段の楽しみであり、散文ならでは自由闊達《じゆうかったつ》さにあふれている。

列挙章段の具体例を挙げて、この文体の面白さを味わいたい。まず、「貴《あて》なる物《もの》」の全文を読もう。原文の後に拙訳を添えた。

貴《あて》なる物《もの》、薄色《うすいろ》に、白襲《しらがさね》の汗衫《かざみ》。雁《かり》の子《こ》。削《けづ》り氷《ひ》の、甘葛《あまづら》に入《い》りて、新《あたら》しき鋺《かなまり》に入《い》りたる。水晶《すいさう》の数珠《ずず》。藤《ふぢ》の花《はな》。梅の花《はな》に、雪《ゆき》の降《ふ》りたる。いみじう愛《うつく》しき児《ちご》の、覆盆子《いちご》、食《く》ひたる。

［訳］　上品なもの、薄紫色の上衣に、表裏とも白の汗衫《かざみ》を着た童女の装い。薄黄色の軽鴨《かるがも》の卵。削った氷の塊が、甘い「あまずら」の汁の中に浮かんでいて、新しい銀色の器に入れてあるもの。水晶の数珠。藤の花。梅の花に、雪が降りかかっている景色。たいそう可愛らしい幼児が、苺を食べている様子。

「貴《あて》なる物《もの》」という一つのテーマのもとに、列挙されてゆく単語の妙を、まずは味わいたい。「貴《あて》なる物《もの》」という一つの言葉から、自由に広がってゆく連想の楽しみが、感じられるだろう。最初に、一つの言葉があった。そして、言葉は、人間の思いを次々に紡ぎ出してゆき、途絶えることがない。

それにしても、この段は、上品なものを列挙して、とても美しい。上品さが、透明感やパステル・カラーのような淡い色彩感と結びついている。この段を読むと、私はいつもマリー・ローランサンのことが心をよぎる。ローランサンも、モーヴ（薄紫色）が好きで、ふっくりとして可愛い幼児たちもよく描いた。そのローランサンは、自作の詩やエッセイや講演録などを、いろいろ取り混ぜて、『夜の手帖』という一冊の本を書いた。その中で、『枕草子』を読んだことも記している。フランス語で抄訳された『枕草子』（ストック社、一九二八年）は、「列挙章段」を中心にして約九十段を収めているので、その本を読んだのであろうか。ストック社版では、冒頭が第一段の「春《はる》は曙《あけぼの》」、次に第二十二段の「凄《すさ》まじき物《もの》」、そして三番目に、この「貴《あて》なる物《もの》」の段が置かれている。

なお、「新《あたら》しき鋺《かなまり》」は、文脈のイメージから、「新しい銀色の器」と訳したが、北村季吟の『春曙抄』の注に、「『宇治拾遺物語』に、水飯を銀のかなまりに盛る事あり」と出ているとも参考にした。「梅の花」は、白梅か紅梅か、判断が付きかねて、原文そのままにした。紅梅に白雪の方が色彩感は捨てがたいが、白梅に白雪も「貴《あて》なる物《もの》」という上品な感じに合致するように思う。与謝野晶子が次のように歌ったのは、おそらく『枕草子』を踏まえているのだろう。

明方の光に我れのながむるはロオランサンの貴なる梅花（『白桜集』）

このように、清少納言と響映する短歌は、現代まで続いている。前衛歌人として知られる塚本邦雄に、次のような短歌がある。

六月の氷《こほり》、鴨跖草《つきくさ》、いやさらに木曾《きそ》の冠者《くわんじや》のこゑすずしけれ（『天變の書』）

この歌は、「すずしきもの（涼しき物）」として、初夏六月の氷・鴨跖草《つきくさ》（月草・露草）の花・木曾義仲の声の三つを列挙するスタイルである点が、『枕草子』の文体を採用している。しかも、「六月の氷」という言葉も、「すずしきもの」という主題と相俟って『枕草子』の「貴《あて》なる物《もの》」に出てくる「削《けづ》り氷《ひ》」との類想性を感じさせる。

松尾芭蕉との響映

次に、「〜は」の例として、「虫は」から始まる列挙章段を、前半だけであるが、読んでみよう。ここも、拙訳を添えた。

虫《むし》は、鈴虫《すずむし》。松虫《まつむし》。機織《はたおり》。蟋蟀《きりぎりす》。蝶《てふ》。割殻《われから》。蜉蝣《ひをむし》。螢《ほたる》。蓑虫《みのむし》、いと、哀《あは》れなり。鬼《おに》の生《う》みければ、親《おや》に似《に》て、此《これ》も、恐《おそ》ろしき心地《ここち》ぞ有《あ》らむとて、親《おや》の、悪《あ》しき衣《きぬ》、引《ひ》き着《き》せて、（親）「今《いま》、秋風《あきかぜ》、吹《ふ》かむ折《をり》にぞ来《こ》むずる。待《ま》てよ」と言《い》ひて、逃《に》げて往《い》にけるも知らず、風《かぜ》の音《おと》、聞《き》き知《し》りて、八月《はづき》ばかりに成《な》れば、（蓑虫）「ちちよ、ちちよ」と、儚気《はかなげ》に鳴《な》く。いみじく、哀《あは》れなり。

［訳］　虫と言えば、秋に鳴く鈴虫、松虫、機織《はたおり》、蟋蟀《きりぎりす》が、まず思い浮かぶ。春の季節では蝶。そう言えば、海中の藻《も》に棲む割殻《われから》や、はかない命の蜉蝣《かげろう》や、夜光を放つ螢も思い浮かぶが、これらは、和歌では好んで詠まれる。これ以外の虫の中では、蓑虫《みのむし》がたいそう哀れ深い。鬼が産んだと言われていて、大きくなったら、鬼である母親に似て、きっとこの子も、恐ろしい心を持つだろうと、ぼろぼろの衣を着せて、父親が、「今から先、秋風が吹く頃になったらまた来るから、それまで、ここで待っていなさい」と言って、父親は、この子を置いて逃げて行った。蓑虫はそうとも知らずに、風の音で、

秋になったのを知って、八月になると、「父よ、父よ」と、はかなげに鳴くのである。本当に可哀想でならない。

この後にも、「わざわざ一人前に取り上げるべきではないのだが」と弁解しながらも、「蠅《はへ》こそ、憎《にく》き物《もの》の中《うち》に、入《い》れつべけれ。愛敬無《あいぎやうな》く、憎《にく》き物《もの》は、人々《ひとびと》しう、書《か》き出《い》づべき物《もの》の様《やう》に有《あ》らねど、万《よろづ》の物《もの》に居《ゐ》、顔《かほ》などに、濡《ぬ》れたる足《あし》して、居《ゐ》たるなどよ。人《ひと》の名《な》に付《つ》きたるは、必《かなら》ず、難《かた》し」などとあり、現代人にも共感を誘う表現が続いている。

「虫は」の段は、「虫のいろいろ」とでも言うべき、清少納言の言葉による虫のコレクションであり、生態的に観察した王朝版「昆虫記」でもある。とりわけ、説話的な読後感を与える「蓑虫《みのむし》」が、印象的である。『春曙抄』は、『新古今和歌集』の歌人である寂《じやく》連《れん》の、「契《ちぎ》りけむ親《おや》の心《こころ》も知《し》らずして秋風頼《あきかぜたの》む蓑虫《みのむし》の声《こゑ》」という和歌を紹介している。「契る」は約束するという意味だが、ここでの「親の心」は、約束を守るつもりなど最初から全くなかった薄情な親の心、という意味である。寂連の歌は、鎌倉時代初期における、貴重な『枕草子』受容の例と言ってよいのではないだろうか。

また、この「蓑虫」の部分は、江戸時代の松尾芭蕉や、彼の交友圏にあった文学者たちに愛好された。芭蕉は「蓑虫《みのむし》の音《ね》を聞《き》きに来《こ》よ草《くさ》の庵《いほ》」という句を詠み、弟子の服部《はっとり》土芳《どほう》は、この句によって、自分の草庵を「蓑虫庵《みのむしあん》」と名付けた。芭蕉の友人である山口素堂《そどう》は「蓑虫ノ説《せつ》」という論説を書いて、蓑虫の生き方に、老荘的な脱俗性を付与した。

『枕草子』の「蓑虫」から触発された俳人たちの系譜を辿ってくると、単語を配列する簡潔な表現力や、日常生活の中で出会うさまざまな虫や動物の生態観察、諧謔味を帯びた筆運びなど、『枕草子』には俳諧の世界と通底する文学志向が内在していることが照らし出される。『枕草子』と俳諧を響映させることで、『枕草子』の世界が、近世を先取りした新鮮さを秘めていたことが明らかになる。

芭蕉たちのように、自分自身の物の見方や価値観と『枕草子』を響映させるならば、そこから、また新たな『枕草子』の魅力を発見できるだろう。

3　『徒然草』の散文

『枕草子』から『徒然草』へ

兼好が書いた『徒然草』は、同時代の人々が読んだという明確な証拠が存在しない。

『徒然草』の読後感を初めて明確に書き留めたのは、室町時代の歌僧正徹《しょうてつ》（一三八一頃〜一四五九）の歌論書『正徹物語《しょうてつものがたり》』だった。

「花《はな》は盛《さか》りに、月《つき》は隈無《くまな》きをのみ見《み》るものかは」と、兼好《けんかう》が書《か》きたる様《やう》なる心根《こころね》を持《も》ちたる者《もの》は、世間《せけん》に唯一人《ただひとり》ならでは無《な》きなり。（中略）『徒然草《つれづれぐさ》』のおもふりは、清少納言《せいせうなごん》が『枕草子《まくらのさうし》』の様なり。

『徒然草』の文学的な価値に、最初に言及した正徹は、早くも『徒然草』の本質を見抜いていた。『徒然草』第百三十七段の冒頭の名文を書き抜いたうえで、正徹は、この文章に込められた兼好の「心根《こころね》」、すなわち、心の奥に存在している思想を高く評価した。しかも、『徒然草』の達成をもたらしたのが、『枕草子』の文体の踏襲だったことまで見抜いていた。驚くべき眼力である。

「おもふり」は「おもぶり」とも言うが、漢字で書けば「面振」で、顔の様子という意味が本義である。そこから派生して、個性や態度をも意味する。『徒然草』の言葉に表れている個性は、『枕草子』のそれとよく似ている。個性の相似は、文体の相似である。

『枕草子』から『徒然草』へという、散文精神の系譜を、正徹は見て取った。

徒然《つれづれ》なるままに、日暮《ひぐ》らし、硯《すずり》に向《む》かひて、心《こころ》にうつりゆく由無《よしな》し事《ごと》を、そこはかとなく書《か》き付《つ》くれば、あやしうこそ物狂《ものぐる》ほしけれ。

これは、言うまでも無く、『徒然草』の序段である。これは、テーマを一つに限定しないで書くという宣言だった。自分の感性と物の見方を、多彩に、そして自由に書き綴る「散文スタイル」が、『枕草子』から継承されたのである。日本文学は、『古今和歌集』から始まる王朝和歌と、『源氏物語』を代表とする物語という、二大ジャンルによって牽引されてきた。ところが、和歌でも物語でもない、「散文」というスタイルが存在することが、明らかになったのである。散文が目指したのは、自由な精神がもたらす批評性の獲得だった。

『徒然草』序段の明瞭な執筆宣言から逆照射すると、『枕草子』の執筆宣言も見えてくる。高価な白い紙をたくさん与えられた清少納言が、中宮定子《ていし》に、「枕《まくら》にこそは、し侍《はべ》らめ」と決断したことが、『枕草子』の最後に書かれている。この「枕にこそは、し侍らめ」という言葉が、『枕草子』という書名の由来であるが、この言葉の意味が、これまで、よくわかっていないのである。諸説が入り乱れていて、定説がいまだ形成されていない。

一つの解釈として、『徒然草』序段と響映させる解釈がありうるのではないか。「枕」という言葉には、「いつも身近に置いて離さないもの、つねのこと」（『日本国語大辞典』）という意味もある。『枕草子』で清少納言が書こうとしたのは、歴史とか神話などの特別なことではなく、「日常生活の中で、常に心に浮かんでくる身近なこと」、すなわち、「枕」なのではなかっただろうか。

『徒然草』の統合集約力

『枕草子』には、列挙章段などで、作者自身の好みや美学が前面に押し出され、それが「わたしの気持ち」を打ち出すことに繋がっていた。『徒然草』の画期性は、『枕草子』の「わたしの気持ち」をさらに深めて、個人的な感情や考えを普遍性へと変貌させ、ひいては散文の世界に批評精神という広大な領域を開拓した点にある。それを可能にしたのは、作者である兼好のたぐいまれな「統合力」と「集約力」、すなわちこの二つを合わせた「統合集約力」にあった。

文章を書き始める前に、あらかじめテーマを設定せず、心に浮かんだこと、これまでずっと思い続けてきたことから、順に書いてゆく方針を採用した『徒然草』が、序段に続く第一段で取り上げたのは、「宮廷人としての生き方」というテーマだった。ここから、『徒然草』は書き始められた。

兼好（一二八三頃〜一三五二頃）が生きたのは、鎌倉幕府が滅亡し（一三三三年）、建武の新政を経て、室町幕府の樹立（一三三八年）、そして、南北朝の対立に至る激動の時代である。皇族・貴族と、武士たちとが入り乱れる混乱期の「宮廷」という身分社会を、いかに生きるか。このテーマから書き始めた兼好は、宮廷社会の全体像の把握を試みる。ちなみに、兼好は、宮廷に仕える神祇官の家系とされる。その過程で、清少納言にも言及している。中略を交えながら、第一段を読もう。


いでや、この世《よ》に生《う》まれては、願《ねが》はしかるべき事《こと》こそ多《おほ》かンめれ。帝《みかど》の御位《おほんくらゐ》は、いとも畏《かしこ》し。竹《たけ》の園生《そのふ》の末葉《すゑば》まで、人間《にんげん》の種《たね》ならぬぞ、やんごとなき。（中略）法師《ほふし》ばかり、羨《うらや》ましからぬものは有《あ》らじ、「人《ひと》には、木《き》の端《はし》の様《やう》に思《おも》はるるよ」と

清少納言《せいせうなごん》が書《か》けるも、げに、然《さ》る事《こと》ぞかし。（中略）
有《あ》りたき事《こと》は、真《まこと》しき文《ふみ》の道《みち》・作文《さくもん》・和歌《わか》・管絃《くわんげん》の道《みち》。また、有職《いうそく》に公事《くじ》の方《かた》、人《ひと》の鑑《かがみ》ならんこそ、いみじかるべけれ。手《て》など、拙《つたな》からず走《はし》り書《が》き、声《こゑ》、をかしくて、拍子取《ひやうしと》り、痛《いた》ましうするものから、下戸《げこ》ならぬこそ、男《をのこ》は良《よ》けれ。

貴族社会の頂点に立つ天皇（「帝の御位」）から始まり、皇族（「竹の園生」）、そして最初の中略の部分で、摂政・関白から順に貴族を論じ、それに続いて、身分社会の埒外《らちがい》にあると思われる「法師《ほふし》」の生き方を論じている。社会階層を圧縮して書く兼好の「統合集約力」には、目を見張るものがある。

そのうえで、貴族社会を生きるのに必要な「教養」のあり方に視点を移し、こちらも目配りが細部まで行き届いている。最後に、「下戸《げこ》ならぬこそ、男《をのこ》は良《よ》けれ」とユーモラスに書いて、堅苦しい批評にゆとりを持たせている。第一段からして既に、散文の書き方の高度な自在性を会得している。

ここで一つ付け加えるなら、第一段で兼好は、貴族階級の浮沈にも触れているのだが、このような貴族社会の流動性は、すでに『源氏物語』の帚木《ははきぎ》巻での女性論にも書かれている。第一段で兼好は、清少納言と紫式部を、自分の文章・文体の先達として、明確に意識していたことが読み取れよう。

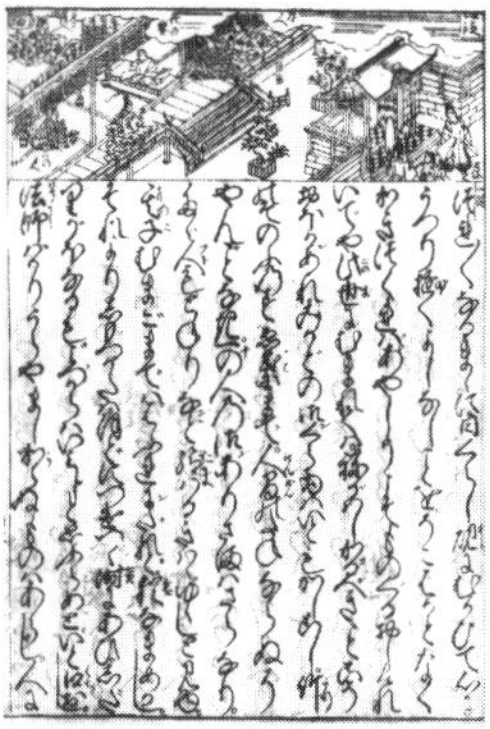

『徒然草絵抄』序段・第一段

「時間と人間」をめぐる思索

貴族社会の理想と現実を書き綴ることから始まった『徒然草』に、やがて、「時間と人間」というテーマが浮上してくる。第十九段は、四季の「変化と持続」という相反現象を統合して描き、循環する時間構造が明示される。

折節《をりふし》の移《うつ》り変《か》はるこそ、物毎《ものごと》に哀《あは》れなれ。（中略）

七夕祭《たなばたまつ》るこそ、艶《なま》めかしけれ。漸《やうや》う夜寒《よさむ》に成《な》る程《ほど》、雁《かり》鳴《な》きて来《く》る頃《ころ》、萩《はぎ》の下葉《したば》、色《いろ》付《づ》く程《ほど》、早稲田《わさだ》刈《か》り干《ほ》すなど、取《と》り集《あつ》めたる事《こと》は、秋《あき》のみぞ多《おほ》かる。また、野分《のわき》の朝《あした》こそ、をかしけれ。言《い》ひ続《つづ》くれば、皆《みな》、『源氏物語《げんじのものがたり》』・『枕草子《まくらのさうし》』などに言《こと》古《ふ》りにたれど、同《おな》じ事《こと》、また今更《いまさら》に言《い》はじとにもあらず。思《おぼ》しき事《こと》言《い》はぬは、腹膨《はらふく》るる業《わざ》なれば、筆《ふで》

に任《まか》せつつ、あぢきなき遊《すさ》びにて、かつ、破《や》り捨《す》つべき物《もの》なれば、人《ひと》の見《み》るべきにもあらず。（中略）

かくて、明《あ》けゆく空《そら》の気色《けしき》、昨日《きのふ》に変《か》はりたりとは見《み》えねど、引《ひ》き替《か》へ、珍《めづら》しき心地《ここち》ぞする。大路《おほち》の様《さま》、松立《まつた》て渡《わた》して、華《はな》やかに嬉《うれ》しげなるこそ、また、哀《あは》れなれ。

和歌や物語で書き尽くされたかに見える四季の景物を統合集約して、『徒然草』は書き綴られている。大晦日《おおみそか》で終わらずに元旦の朝まで書くことで、循環する時間の永遠性が文章として定着される。この第十九段を、『源氏物語』と匹敵する名文であると、江戸時代初期の注釈者たち（松永貞徳《まつながていとく》や北村季吟《きたむらきぎん》）が高く評価してのも、うなずける。

そして、散文による自由な思索を通して、兼好は、「今を生きる」という時間認識の到達点に辿り着いた。散文を書き紡ぐ行為によって、限られた時間の中を人間が生きるしかない「無常」を超える視点が、得られたのである。第百八段の次の言葉は、読者の胸を目指して、一直線に到達する、至言ではないだろうか。

然《さ》れば、道人《だうにん》は、遠《とほ》く日月《にちぐわつ》を惜《を》しむべからず。唯今《ただいま》の一念《いちねん》、空《むな》しく過《す》ぐる事《こと》を、惜《を》しむべし。

「今、この瞬間を充実して生きる」という思想が、この短い文章の中に集約されている。散文のメッセージ性、散文の力強さを感じさせる。『徒然草』には、「存命《ぞんめい》の喜《よろこ》び」（第九十三段）、「我等《われら》が生《い》ける今日《けふ》の日《ひ》」（第百八段）などの名句もある。これらは、王朝文学のさまざまなジャンルを統合集約した散文を書くことで、兼好が見出した人生の指針である。現代にも通じる普遍性が、ここにある。

4　近現代に繋がる批評精神の系譜

樋口一葉

『枕草子』の近代における最初の後継者、それが樋口一葉《ひぐちいちよう》であると私は思う。『枕草子』は、北村季吟の『春曙抄』によって江戸時代から読まれ始めたものの、清少納言の人物像が高く評価され始めたのは明治時代以降だった。現代でも、清少納言には、「知識をひけらかす、知ったかぶり」とか、「自分の自慢話ばかりする」などという、否定的な見方がある。

けれども、星野天知《ほしのてんち》は、明治二十七年八月の『文学界』に「清少納言のほこり」という評論を書いて、清少納言の気骨とヒューマニズムを高く評価した。この時、星野の脳裏では、樋口一葉という近代の女性文学者と、王朝の清少納言とが重ね合わされていたのではないだろうか。

一葉が『文学界』誌上に『たけくらべ』を発表したのは、明治二十八年から二十九年にかけてのことだったが、すでに明治二十六年から、一葉の短編が『文学界』に掲載されているし、明治二十七年一月に、天知は一葉宅を訪問している。

馬場孤蝶《ばばこちょう》や戸川秋骨《とがわしゅうこつ》などの『文学界』同人との交流を、日記に書き記している一葉にとって、『文学界』の青年たちとの楽しい文学談義は、彼女の批評精神を鍛える触媒となったであろう。その情景は、まるで『枕草子』に描かれている清少納言と男性貴族たちとの楽しげな会話とも響映する。

森茉莉と森鷗外

森茉莉《もりまり》の、世間の常識にとらわれない、独自の美意識や自由闊達さは、昭和の文壇で異彩を放った。森茉莉のエッセイ「幼い日々」や単行本『贅沢貧乏』は、繊細さと辛辣な人間観が、『枕草子』と通底している。茉莉の父である森鷗外もまた、近代批評を語る際に忘れてはならない文学者である。鷗外については、本書の第八章で取り上げるが、深い教養を基盤とする、融通無碍《ゆうずうむげ》で自由な精神と世界認識という点で、鷗外と『徒然草』は通じ合う。

鷗外は小説『妄想《もうぞう》』で、哲学・美学・歴史・文学を、広くかつ深く西洋に学んだ主人公の心境に仮託して、「一人の主《しゅ》には逢《あ》わなかった」と、自分の精神遍歴を回顧している。『徒然草』を書いた兼好も、儒教・仏教・道教、そしてわが国の神道と深く学んだものの、それらのどれか一つを選択して、一つの思想に特化することはなかった。それが、「自由な散文」の帰結としての批評精神のなせるわざだった。

ここでは、鷗外と『徒然草』の関わりを、いくつか述べてみよう。まず、『寒山拾得《かんざんじっとく》縁起《えんぎ》』で、『徒然草』の最終段（兼好が八歳の時の思い出）に触れて、鷗外は「子どもの問いに、親が答え（応え）続けることの重要性」を指摘している。

第二に、晩年の史伝『北条霞亭《ほうじょうかてい》』には、『徒然草』第五十五段（家の造作《ぞうさく》は夏の住みやすさを重視すべきだ、という内容）に触れた、北条霞亭の書簡を紹介している。これは、日常生活の重視こそが、批評精神の真の発露であることを、私たちに教えてくれる。

また、鷗外は、妻が理想主義に偏《かたよ》っていることを懸念し、一緒に『徒然草』を読もうと提案したことがあったという。このエピソードは、娘の茉莉の元の夫であるフランス文学者山田珠樹《やまだたまき》の『東門雑筆《とうもんざつぴつ》』に紹介されている。

批評精神の体現としての『枕草子』と『徒然草』

本章でこれまで考えてきたように、「散文」で書かれた「散文集」の魅力は、定型（和歌）と筋（物語）から解き放たれて、自在で多様な論評が可能になった点にある。『枕草子』は、機知と教養を駆使して、「今、生きていることの喜びと充実」を実現した。『徒然草』は、自由自在に論点を浮上させつつ、持続する「懐疑と思索」を深化させた。この二つの散文作品は、現代人から見ても、自分らしい批評精神を涵養《かんよう》する力を持った、「生きた古典」と言えよう。

◉第五章 謡曲というスタイル

1 謡曲とは何か

能の発生と、謡曲の形態

芸能としての「散楽《さんがく》」は奈良時代に始まったが、平安時代には「さるがく」となって、「猿楽」「申楽」などと表記された。滑稽な笑いを眼目とするもので、この笑いの要素を進化させたものが、後の「狂言《きょうげん》」である。室町時代には、興福寺の支配する「大和猿楽」が盛んとなり、後の金春《こんぱる》・金剛《こんごう》・宝生《ほうしょう》・観世《かんぜ》の四つの座が起こった。江戸時代には、喜多《きた》流も創設された。

観世座の観阿弥《かんあみ》（一三三三〜八四）は、室町幕府の三代将軍・足利義満《あしかがよしみつ》に認められ、興隆への道を歩み出す。観阿弥の子の世阿弥《ぜあみ》（一三六三?〜一四四三?）は、旅人の夢の中に今は亡き人の魂が現れて、生前と死後の苦しみを語る「夢幻能《むげんのう》」の様式を確立した。

世阿弥はまた、『風姿花伝《ふうしかでん》』などの理論書（能楽論《のうがくろん》）も著し、「幽玄」で芸術的な能を確立した。「初心忘《しょしんわす》るべからず」（『花鏡《かきょう》』）、「秘《ひ》すれば花《はな》」（『風姿花伝』）などの名言は、現在まで広く親しまれている。能は、その後も、室町将軍・豊臣秀吉・徳川将軍に庇護されて、隆盛を見た。

舞台芸術である能の脚本が、謡曲《ようきょく》である。代表的な作品は「謡曲百番」と総称されるものだが、現行曲はもっと多く、現在は上演されないものまで含めると、作品数は膨大な数に上る。謡曲の詞章《ししょう》（文章）に、譜《ふ》（節付《ふしづけ》）を付《つ》けたものが「謡本《うたいぼん》」である。江戸時代の初期に本阿弥光悦《ほんあみこうえつ》が刊行した版本は「光悦本」と呼ばれ、漢字と平仮名の連綿体の木活字版《もっかつじばん》で、雲母《きらら》を押した料紙も美しい。

謡曲の作者たち

代表的な作者と、その代表作を記しておこう。初期の観世流では、観阿弥に、老いた小野小町を描く『卒都婆小町《そとばこまち》』や、『源氏物語』と在原行平《ありわらのゆきひら》の須磨流離を題材とする『松風《まつかぜ》』などがある。世阿弥には、『伊勢物語』に題材を得た『井筒《いづつ》』や、『平家物語』

に題材を得た『忠度《ただのり》』『頼政《よりまさ》』『清経《きよつね》』『実盛《さねもり》』などがある。

世阿弥の嫡男・元雅《もとまさ》（一四〇〇？～三二）には、人さらいに連れ去られたわが子を捜し求める母親を描いた『隅田川《すみだがわ》』や、俊徳丸《しゅんとくまる》のさすらいを描く『弱法師《よろぼし》』などがある。

金春流では禅竹《ぜんちく》（一四〇五～七〇頃）に、『源氏物語』の六条御息所《ろくじょうのみやすどころ》の執心を描く『野宮《ののみや》』、『伊勢物語』の東下りを題材とする『杜若《かきつばた》』などがある。その他、観世信光《のぶみつ》の『船弁慶《ふなべんけい》』『紅葉狩《もみじがり》』などがある。

江戸時代にも新曲が作り続けられ、例えば当時盛んに読まれた『徒然草』を題材として『御室《おむろ》』『兼好法師』『徒然草』なども作られた。ただし、これらは、謡曲のスタイルで書かれた短編の文芸作品である。

先行作品と謡曲

謡曲に取り入れられた古典文学のことを、「本説《ほんぜつ》」と呼ぶ。神話を本説とする謡曲には、『大蛇《おろち》』『草薙《くさなぎ》』『三輪《みわ》』などがある。また、本説ではないけれども、『万葉集』や『古今和歌集』の和歌や、『和漢朗詠集《わかんろうえいしゅう》』の漢詩・和歌は、好んで謡曲の詞章に引用されている。

『伊勢物語』を本説とする謡曲には、既に述べた『井筒』『杜若』の他に、『雲林院《うんりんいん》』

などもある。『源氏物語』を本説とするものとしては、既に紹介した『野宮』の他に、『半蔀《はじとみ》』『夕顔《ゆうがお》』『葵上《あおいのうえ》』『浮舟《うきふね》』などがある。美しい言葉で読者をたぶらかした「狂言《きょうげん》綺語《きご》」の罪で紫式部が地獄に堕ちたとする伝説を描く『源氏供養《げんじくよう》』も、この中に加えてよい。

滅びた者への鎮魂をテーマとする『平家物語』を本説とする謡曲が多いことも特徴であり、また軍記物では、『太平記《たいへいき》』や『曾我物語《そがものがたり》』を本説とする謡曲がある。

神話や古典物語、さらには和歌や民間伝承を取り入れて、極度に凝縮した謡曲には、観る者や聴く者、さらには謡本を読む者の心を、激しく揺さぶる力がある。その衝撃力によって、本説を基にした謡曲自体が「新たな本説」となって、次々に新たな作品群を生みだしてゆく。

たとえば『弱法師』は、江戸時代には浄瑠璃《じょうるり》の『摂州合邦辻《せっしゅうがっぽうがつじ》』の本説となり、近代の民俗学者である折口信夫の小説『身毒丸《しんとくまる》』や、寺山修司《てらやましゅうじ》・岸田理生《きしだりお》合作の現代演劇『身毒丸』、さらには三島由紀夫《みしまゆきお》の戯曲『弱法師』(『近代能楽集《きんだいのうがくしゅう》』の一編)を生みだした。また、日本画家の下村観山《しもむらかんざん》の代表作の一つに、「弱法師」がある。

2　謡曲を読む

『伊勢物語』と謡曲

『伊勢物語』を本説とする謡曲には、名作が多い。愛の哀しみや報われない純愛が、この物語の主題だからであろう。ここでは、世阿弥の『井筒』を取り上げたい。中世では、『伊勢物語』の世界は極端に伝説化されていた。在原業平《ありわらのなりひら》には、極楽の馬頭観音《ばとうかんのん》の化身《けしん》であるとする説や、神話のイザナキの化身説、『万葉集』の歌聖・柿本人麻呂（人麿）の再来説などがあった。

なおかつ、「伊」は「女・陰」、「勢」は「男・陽」という意味だから、『伊勢物語』は「女夫《めおと》物語」「陰陽《いんよう》物語」であり、男と女の陰陽和合の道を説く恋愛物語だとされた。これらはすべて伝説であるが、業平が生涯に関わった女性の総数は、三七三三人（一説に三三三三人）であるとされた。その中から特に忘れがたい女性を「十二人」選んで、彼女たちとの愛のかたちを百二十五の章段にちりばめたのが『伊勢物語』である、とされたのである。

その十二人の中には、清和《せいわ》天皇の后である二条《にじょう》の后《きさき》（藤原高子《たかいこ》）や、奔放な小野小町などがいた。ただし、その十二人の筆頭に挙げられるのは、業平の妻「紀有常《きのありつね》の女《むすめ》」である。

『伊勢物語』第一段で、元服（初冠《ういこうぶり》）した直後の業平が、奈良で惑溺した初恋の相手も、紀有常の女とされる。さらには、第二十三段は「筒井筒」（井戸の縁《ふち》を「井」の字形《がた》に組んだ木の囲い）のほとりで遊びながら、少年の業平（五歳と考えられた）と少女の紀有常の女が、愛を誓ったエピソードとして愛好された。世阿弥の『井筒』は、こういう『伊勢物語』の解釈史を踏まえて生み出された。

『井筒』では、旅の僧が大和国《やまとのくに》の在原寺《ありわらでら》で、「なまめける女性《にょしゃう》」（上品で優雅な雰囲気の女性）と出会う。彼女は、紀有常の女の霊魂だった。『伊勢物語』第一段で、彼女が漂わせる雰囲気が「なまめいたる」（優美な雰囲気）と形容されていた表現と響き合う。彼女は僧に、自分と業平が歩んだ人生をしみじみと回想して聞かせる。

昔《むかし》、この国《くに》に住《す》む人《ひと》のありけるが、宿《やど》を並《なら》べて門《かど》の前《まへ》、井筒《いづつ》に寄《よ》りて、髫髪子《うなゐご》の友《とも》達語《だちかた》らひて、互《たが》ひに影《かげ》を水鏡【見る】、面《おもて》を並《なら》べ、袖《そで》を掛《か》け、心の水《みづ》も底《そこ》ひなく、移る【映る】月日《つきひ》も重《かさ》なりて、大人《おとな》しく、恥《は》ぢがはしく、互《たが》ひに今《いま》はなりにけり。その後《のち》、かの実男《まめをとこ》、言《こと》葉《ば》の露《つゆ》の玉章《たまづさ》の、心《こころ》の花《はな》も色添《いろそ》ひて、「筒井筒《つついづつ》、井筒《いづつ》にかけしまろが丈《たけ》、生《お》ひにけらしな妹《いも》見《み》ざる間《ま》に」と、詠《よ》みて贈《おく》りけるほどに、その時《とき》、女《をんな》も、「比《くら》べ来《こ》し、振分髪《ふりわけがみ》も肩《かた》過《す》ぎぬ、君《きみ》ならずして、誰《たれ》か上《あ》ぐべき」と、互《たが》ひに詠《よ》みし故《ゆゑ》なれや、「筒井筒《つついづつ》の女《をんな》」とも聞《き》こえしは、有常《ありつね》が女《むすめ》の、古《ふる》き名《な》なるべし。

本文の右側の【　】の中に示したように、和歌で用いられている「掛詞」の技法が、駆使されている。舞台では、ゆっくりと発音されるので、掛詞の意味がよく理解できる。謡曲の詞章は、韻文と散文、和歌と物語が融合した不思議な文体なのである。

「実男《まめをとこ》」は、『伊勢物語』第二段で業平のことを指している言葉で、「まことしき人」（＝誠実な男性）の意味。ただし、男が有常の女に贈った和歌の第四句「生《お》ひにけらしな」は、通常の『伊勢物語』で、「過ぎにけらしな」とされているのと異なっている。現在、広く読まれている『伊勢物語』は、藤原定家が校訂した本文だが、それとは別に、「塗籠本《ぬりごめぼん》」という系統がある。そこでは、

筒井《つつい》つの井筒《いづつ》にかけしまろが丈《たけ》おひにけらしな君見ざる間に（一本「あひ見ざる間に」）

とある。世阿弥が読んだ『伊勢物語』が塗籠本だったのかどうかは断言できないが、「おひにけらしな」という本文で第四句を記憶していたのだろう。

謡曲『井筒』の僧の夢の中で、紀有常の女の亡魂は、恋しい夫の業平の形見の品である「初冠《ういこうぶり》」と「直衣《のうし》」を身に纏って現れる。このように、故人の魂が登場するのが、夢幻能のスタイルである。そして、彼女は男装のままで昔を懐かしんで舞い、思い出の井筒の水に自らの姿を映して、恋しい業平の面影を偲ぼうとする。いつの間にか男と女の二人の人格が、一体化している。この場面での謡曲『井筒』の表現は、

筒井筒《つついづつ》　筒井筒　井筒《いづつ》にかけし　まろが丈《たけ》　生《お》ひにけらしな　生《お》ひにけるぞや。

である。「まろが丈《たけ》　生《お》ひにけらしな」は、「私の身長が、大きく伸びたことだ」という意味。この時おそらく、童心に返って井筒の中をのぞき込んでいるのだろう。第五句の「生《お》ひにけるぞや」は、「本当に伸びたことだ」（もう自分は子どもではなく大人だ）という繰り返しに加えて、「老《お》いにけるぞや」（自分たちが幸福な子どもだった時代も、新婚の愛し合う夫婦だった日々も、既に遠く過ぎ去り、今では老いてしまったことだ）の掛詞であると考えたい。井戸の水に

映ったのは、少年少女の頃の顔ではなく、老いた今の顔だった、という驚きと嘆きである。

謡曲の詞章が「掛詞」を駆使していることの意味は、ここにあると、私は考える。掛詞は、一つの発音から、二つ（時には三つ）の同音異義語を読者に想起させる技法である。一つの言葉が、二つにも三つにも増殖してゆく。「我＝私」という言葉も、「紀有常の女」であると同時に「在原業平」でもあるという、主語（主体）の重層と立体化が成し遂げられる。これが、「掛詞」の技法と重なり合う。

「老いにけるぞや」は、紀有常の女の吐息であり、在原業平の嘆きでもあった。一人の能役者（主役＝シテ）が、一身で、男女二人の心を表現している。先にも紹介したように、伝説上の業平は、主な愛人だけでも十二人、全部では三七三三人の女性と交際したとされる。

『井筒』には、紀有常の女が、自分は「人待つ女」とも言われた、と語る箇所がある。業平は多くの女性と逢うのに忙しく、また天皇の后と密通して処罰されたので（伝説では、東山《ひがしやま》に三年間も幽閉されていた）、有常の女は、夫の帰りを「待つ女」としての苦しみを味わった。それでもなお、彼女は業平を愛し続けた。業平の側でも、「待たれる男」のつらさを味わい続けた。二人が夫婦であることによって心に蓄積された「生きる切なさ」が、業平と紀有常の女の双方に共有されている。それが、二人の魂が一つに溶け合う奇跡につながったのではないか。

『井筒』が演じられる能舞台には、井筒（井戸の囲い）と共に「薄《すすき》の穂《ほ》」が据えられる。「一村薄《ひとむらすすき》」である。これは、『古今和歌集』の哀傷歌「君《きみ》が植《う》ゑし一村薄虫《むし》の音《ね》の繁《しげ》き野《の》辺《べ》ともなりにけるかな」（御春有助《みはるのありすけ》）を引用している。また、『源氏物語』柏木巻《かしわぎ》の次の場面も強く連想させる。夫の柏木に先立たれた落葉宮《おちばのみや》が住む一条宮を、柏木の親友だった夕霧が訪れる場面である。

（亡き柏木が）前栽《せんざい》に心入《こころい》れて、繕《つくろ》ひ給《たま》ひしも、（今では）心《こころ》に任《まか》せて茂《しげ》り合《あ》ひ、一村薄も頼《たの》もしげに広《ひろ》ごりて、虫《むし》の音《ね》添《そ》へむ秋《あき》、思《おも》ひやらるるより、いと物哀《ものあは》れに、露《つゆ》けくて、分《わ》け入《い》り給《たま》ふ。

人生のすべてを投げ打ってまで激しく愛し合った柏木と女三《おんなさん》の宮《みや》の人生の痕跡は、今では茫々《ぼうぼう》とした一村薄だけにしか残っていない。『井筒』の業平と有常の女だけでなく、

『源氏物語』だけでもなく、自分たちも含めて地上の愛は空しいのだと気づいた時に、この『井筒』は読者（観客）にとってもはや「他人事《ひとごと》」ではない。

読者の心の中では、謡曲『井筒』が、『伊勢物語』や『源氏物語』や自分自身の過ぎ越しと響き合い、映じ合う。読者のかけがえのない人生が、「掛詞」のように、紀有常の女の人生、在原業平の人生、柏木の人生、女三の宮の人生などと響映し合う。このような世界が、「幽玄」という理念の目指している、窮極の文芸的生命なのではないだろうか。

『源氏物語』と謡曲

『源氏物語』を本説とする謡曲の数は、それほど多くはない。だが、六条御息所《ろくじょうのみやすどころ》は『源氏物語』の中で最も苦悩した女性の一人であり、謡曲化に適している。これから、金春禅竹の作とされる『野宮《ののみや》』を鑑賞したい。

主人公（シテ）は、六条御息所である。大臣家に生まれ、十六歳で東宮《とうぐう》（次期天皇）に入内《じゅだい》する。姫君を生むが、二十歳の年に、夫は急逝。その後、自分より七歳年下の光源氏と男女関係を生じるが、彼の愛が薄れるのを嘆く日々を過ごす。賀茂祭（葵祭）での光源氏の晴れ姿を見ようと外出した時、彼の正妻・葵《あおい》の上《うえ》の従者と六条御息所の従者たちが争い、自分の牛車が狼藉された「車争《くるまあらそ》い」は、二十九歳の時に起こった（葵の上は二十六歳）。

屈辱のあまり床《とこ》に伏した彼女の魂は、いつしか「生霊《いきりょう》」となってさまよい出《い》で、懐妊中の葵の上に祟《たた》りをなし、ついには彼女を取り殺してしまった。そのことが世間の噂となったことで、さらに苦悩を深め、娘が伊勢神宮の斎宮《さいぐう》に任命されたのを契機に、娘と共に伊勢に下向することを決心した。斎宮が潔斎のために嵯峨《さが》の「野の宮」に籠《こ》もるのにも同行し、三十歳にして寂しく伊勢へ下った。これが、『源氏物語』葵《あおい》巻と賢木《さかき》巻で語られる内容である。

謡曲『野宮』は、旅の僧が野の宮の「森」に足を踏み入れるところから始まる。ちなみに、『源氏物語』には「森」という言葉なく、謡曲『野宮』の「森」という言葉は注目されてよい。六条御息所という女性の心が、奥深い「森」に喩えられており、彼女は「森の人」あるいは「森の女」である。一方、美しい女性たちに、次から次へと心を移す薄情な光源氏は、「野辺の花々」を渉猟《しょうりょう》する「野の人」である。幽邃《ゆうすい》な森である六条御息所の心は、最初は暗い闇に覆われていたが、読者の目にも少しずつ見えてくる。

光源氏ゆえに苦しみ、光源氏ゆえに恥辱にまみれた六条御息所の霊魂は、毎年、旧暦の「長月七日《ながづきなのか》」が巡ってくると、特別の思いに駆られて野の宮に現れ、一人だけの秘密の儀式を行わずにはいられない。旅の僧が、野の宮の森に入り込んだのは、奇《く》しくもこの「長月七日」のことだった。里の女（実は六条御息所の亡魂）は、この日の謂《い》われを、次のように、僧に語って聞かせる。

光源氏《ひかるげんじ》、この所《ところ》に詣《まう》で給《たま》ひしは、長月七日《ながつきなぬか》の今日《けふ》に当《あ》たれり。その時《とき》、いささか持《も》ち給《たま》ひし榊《さかき》の枝を、斎垣《いがき》の内《うち》に差《さ》し置《お》き給《たま》へば、御息所、取《と》りあへず、「神垣《かみがき》は印《しるし》の杉《すぎ》も無《な》きものをいかに紛《まが》へて折《を》れる榊《さかき》ぞ」と、詠《よ》み給《たま》ひしも、今日《けふ》ぞかし。（中略）浅茅《あさぢ》が原《はら》も、末枯《うらが》れの、草葉《くさば》に荒《あ》るる野《の》の宮《みや》の、草葉に荒るる野の宮の、跡懐《あとなつ》かしき此処《ここ》にしも、その長月《ながつき》の七日《なぬか》の日《ひ》も、今日《けふ》に巡《めぐ》り来《き》にけり。ものはかなしや、小柴垣《こしばがき》、いとかりそめの御住居《おんすまひ》、今《いま》も火焼屋《ひたきや》の幽《かす》かなる光《ひかり》は、我《わ》が思《おも》ひ、内《うち》にある色《いろ》や、外《ほか》に見《み》えつらむ、あら淋《さび》し、宮所《みやどころ》、荒淋《あらさび》し、この宮所《みやどころ》。

六条御息所の心には、今もなお光源氏への「思ひ」という「火」が、燃え続けている。

神への供え物を調理する「火焼屋《ひたきや》」に、常時、火が消されずに保たれているように、六条御息所の光源氏への執心《しゅうしん》の火は、「幽《かす》かなる光《ひかり》（幽かなる火）」となって、消えることがない。その火が、毎年「長月七日」になると、常よりも激しく燃えさかって、六条御息所の心を焼き尽くし、苦しめるのだ。

光源氏は、六条御息所を幸福にしてくれなかった。けれども、彼女は東宮《とうぐう》と婚姻した日でもなく、東宮と死別した日でもなく、伊勢に下向するために久し振りに宮中に参内《さんだい》した日でもなく、薄情で移り気な光源氏が野の宮にお別れに来てくれた「長月七日」を、自分の生涯で最も大切な日だと位置づけている。

移り気な光源氏の心は、変わり続けた。けれども、六条御息所の光源氏への愛は、永遠に変わらない。それが、彼女が手にする常緑樹の「榊」の葉の緑色によって象徴される。ここまで一人の女性の心を捕え続けた光源氏の魅力とは、何だったのか。そして、永劫《えいごう》に光源氏を愛し続け、毎年「長月七日」になると彼への変わらぬ愛を確認せずにはいられない六条御息所は、本当に不幸な女性だったのか。

読者は、いつの間にか、「愛」の不可思議な領域に踏み込んでいる自分に気づかされる。そこが「森」であり、六条御息所の心象風景なのである。だから、読者には六条御息所の心が少しずつわかってくる。

夜になって、僧が眠っていると、夢の中に六条御息所の亡魂が現れる。夢幻能のスタイルである。彼女は、僧が口にした「車」という言葉から、葵の上に辱めを受けた「車争い」の過去を思い出し、嫉妬と憤怒に駆られて苦しむ。「思ひ出《い》でたり、その昔《むかし》、賀《か》茂《も》の祭《まつ》りの車争《くるまあらそ》ひ」という言葉には、「長月七日」という、生涯で最良の日の対極にある、「生涯で最悪の日」の思い出が、今もなお彼女の心を苛《さいな》んでいることを示している。

『源氏物語』は、男と女の愛の種々相をひたすら描いた。人と人とが結びつくことで、「生きる喜び」が得られると考えられたからだ。けれども、実際には人と人との結びつきが、「生きる苦しみ」に直結した。にもかかわらず、自分を苦しめた男のことを忘れずに愛し続ける女性がいる。人間という存在の、そして恋という情念の、何という不思議さであろうか。

『野宮』を読み終わって（舞台を見終わって）、六条御息所の魂が成仏したと思う読者（観客）は少ないだろう。来年も、また再来年も、「長月七日」が来るたびに、野の宮には六条御息所の亡魂が現れて、変わらぬ愛のシンボル「榊」を手にして光源氏を追善し、なおかつ、葵の上への嫉妬に苦しめられるだろう。それほど、六条御息所の心の森は奥深い。

その深さこそ、「幽玄」なのだ。

3　近代文学と謡曲

謡曲の翻訳

謡曲の翻訳としては、フランス語ではノエル・ペリの翻訳がある。フランスの駐日大使を務めた詩人ポール・クローデルは、エッセイ集『朝日の中の黒い鳥』で、能は「何者かの到来」という深淵な解釈を示している。アーサー・ウエーリの英語訳も、名訳の誉れ高い。詩人イェーツには、アイルランドの伝説を謡曲の様式で描いた戯曲『鷹《たか》の井《い》戸《ど》』がある。また、ウエーリに学んだドナルド・キーンは、『日本文学選集』（一九五五年）において、『徒然草』の中で繰り返される「生と死」に対する哲学的思索と、謡曲に死者が登場するのは繋がっているという、注目すべき把握をしている。

三島由紀夫と謡曲

明治以降では、俳人の高浜虚子《たかはまきよし》に『実朝《さねとも》』『奥の細道』、歌人の土岐善麿《ときぜんまろ》に『秀衡《ひでひら》』『使徒パウロ』などの創作能（新作能）があるし、近年でも、創作能がある。

三島由紀夫の『近代能楽集《きんだいのうがくしゅう》』は、創作能ではなく、謡曲にヒントを得た現代劇である。ドナルド・キーンの英語訳など、諸外国語に翻訳されて、海外でも高い評価を受けている。

謡曲では、シテが一方的な語り手であり、旅の僧は受動的な聞き手の役割に留まる。シテは、舞台に登場する以前から悲劇的な感情が沸点《ふってん》に達しており、その理由を物狂おしく舞台で語る。

それに対して、三島の『近代能楽集』では、霊と人間の間で、冷静で哲学的な「対話劇」が繰り広げられる。例えば『葵上《あおいのうえ》』を例に取ると、六条御息所に該当する「六條《ろくじょう》康子《やすこ》」が、光源氏に対応する「若林光《わかばやしひかる》」と長い会話を交わし、「愛」と「憎しみ」、「幸福」と「不幸」、すなわち「人生」の真実が何であるかを、対話によって徐々に暴きだす。両者は、互いに自分の言葉が相手の心に通じないことを納得するまで、徹底的に対話を続ける。思い返せば、謡曲『葵上』の本説である『源氏物語』葵巻でも、光源氏と六条御息所の生霊《いきりょう》の間に、会話はなされない。あるべくもない。理性的な会話が成り立たないから、相手は「生霊」なのだ。

三島の場合は、舞台の上で、人間と霊の双方の感情が徐々に高まってゆき、クライマックス（破局）を迎える。ここには、「悲しみを抱き続ける人間」を重視する日本の古典的様式と、「意外な出来事」を重視する西欧の近代的様式が融合している。だからこそ、国内外で高く評価されたのだろう。

「謡曲」的なスタイルとは、現実（人間）と幻想（霊）を対置しながら、二つの世界が時には対立し、時には融和する精神の葛藤劇なのではないだろうか。謡曲が目指した「幽玄」という美学は、現実の側から見れば、霊魂の世界の奥深さである。にもかかわらず、舞台の袖の「橋掛《はしがか》り」を通して霊魂が現実世界を訪れ、また帰ってゆく。二つの異なる世界が交わった時、人間は霊魂の心を理解し、読者（観客）は霊魂の抱え続けた悲しみを受け入れる。この「他者の心の奥の奥を思いやる心」もまた、幽玄の別名だろう。

◉第六章　松尾芭蕉の旅と人生

1　芭蕉とその時代

宗祇から貞徳へ

第一章で、「古今伝授《こきんでんじゅ》」の系譜を紹介したのは、日本文化の「本流」を考える際に、「古今伝授」の系譜は、現代人が考えるよりも遥かに重要な役割を担ってきたからだった。そこで述べたように、宗祇《そうぎ》が東常縁《とうのつねより》から受けた古今伝授は、宗祇から三条西実隆《さんじょうにしさねたか》へ伝わり、三条西家から細川幽斎《ほそかわゆうさい》へ、幽斎から松永貞徳《まつながていとく》へと続いていった。

その間に、百五十年の歳月が流れ、時代は安土桃山時代を経て、近世に入った。時代は変わっても、「古今伝授」という、一本の強く撓《しや》やかな文化的な絆《きずな》は継承され続け、日本文化の本流が途絶えることはなかった。この日本文学を貫道する系譜に、松尾芭蕉も繋がっている。

芭蕉の生涯と著作

芭蕉（一六四四～九四）は、正保《しょうほう》元年、伊賀上野に生まれた。十九歳の頃から、藤堂藩《とうどうはん》の侍大将《さむらいだいしょう》の藤堂良精《よしきよ》の息子良忠《よしただ》（俳号「蟬吟《せんぎん》」）に仕えた。二十一歳で、初めて俳諧の撰集に、彼の発句《ほっく》が入集《にっしゅう》している。良忠が二十五歳の若さで病没した後、致仕《ちし》し、京都で北村季吟《きたむらきぎん》（一六二四～一七〇五）に学んだりしながら、俳諧に精進した。なお季吟の門下となったのは、もっと早く十八歳頃とする説もある。

北村季吟は松永貞徳の弟子で、貞徳から古今伝授を受けた和学者である。芭蕉は、この季吟を介して、はるかに宗祇とも繋がる文学の流れの中に位置する。芭蕉が季吟から受けた俳諧の秘伝である『埋木《うもれぎ》』は、宗祇の「誹諧（＝俳諧）」の定義から説き始められている。芭蕉の意識の中には、古今伝授の伝統が注ぎ込まれた。

寛文十二年（一六七二）二十九歳の春、俳諧師としての独立を目指して、江戸に出た。江戸では三年間ほど、神田上水の水道工事に携わり、小石川に住んだこともある。次第に弟子たちも増えたが、新たな文学境地を切り拓くべく、三十七歳で宗匠生活を辞め、深川《ふかがわ》に隠棲した。その後は各地への旅と、旅の合間の草庵暮らし、そして伊賀への帰郷を繰り返し、元禄七年（一六九四）に大坂で没した。五十一歳だった。

芭蕉は、俳諧という韻文の世界と、俳文・紀行文などの散文の世界の両方で、優れた作品を数多く残した。俳諧の連句は、三十六句からなる「歌仙《かせん》」形式が多く、それらは、『冬《ふゆ》の日《ひ》』『猿蓑《さるみの》』『炭俵《すみだわら》』などからなる芭蕉門下の撰集『俳諧七部集《はいかいしちぶしゅう》』（『芭蕉七部集』とも）に載っている。

紀行文に『野《の》ざらし紀行《きこう》』『鹿島紀行《かしまきこう》』『笈《おい》の小文《こぶみ》』『更科紀行《さらしなきこう》』『おくのほそ道《みち》』があり、日記に『嵯峨日記《さがにっき》』がある。

「俳文」は、芭蕉が確立したと言ってもよい文学スタイルである。比較的短い文章で、ほとんどの場合、発句を伴う。日本や中国の古典を踏まえた文体で書かれ、謡曲の詞章の文体とも似通う。痛切な自己省察を含むものもあるが、『徒然草』にも通じる、ユーモアの漂う軽妙さもあり、多様である。

このように、芭蕉の文学世界は非常に幅広く大きいが、本章では閑居生活と旅が、俳文や紀行文でどのように書かれているかという点に注目してみたい。また、宗祇や兼好・長明たちに繋がる、精神的な系譜も探ってみたい。

2　旅の先達

宗祇のやどり

天和《てんな》三年（一六八三年）、芭蕉が四十歳頃の句に、「世《よ》にふるもさらに宗祇《そうぎ》の宿りかな」（『虚栗《みなしぐり》』）がある。『野ざらし紀行』の旅の前年である。詞書《ことばがき》は、「手《て》づから、雨《あめ》の侘笠《わびがさ》を張《は》りて」。つまり、手製の笠を作りながらの感興である。宗祇の「世《よ》にふるもさらに時雨《しぐれ》の宿《やど》りかな」という句の「時雨」を、「宗祇」に入れ替えて作った句である。

この句は宗祇と時雨の結びつきが自明のものであってこそ、鑑賞が可能であり、それがわからなければ、この芭蕉の句には季語がないことになってしまう。俳諧の発句には、季節を表す言葉、すなわち「季語」が必須である。「宗祇の宿り」という表現は、「宗祇の時雨の宿り」という意味なのであり、ここに「時雨」という季語が巧妙に隠されている。

ちなみに、宗祇の時雨の句は、宗祇の肖像画にも書き添えられることがあり、代表作とみなされて、人々によく知られた句だった。なお、この句の翌年の『野ざらし紀行』は、伊勢・吉野などに、西行ゆかりの足跡を慕う気持ちが強い。西行は、宗祇と並ぶ旅の文学者である。

旅への誘い

芭蕉は先の時雨の句を末尾に据えた、俳文「笠《かさ》の記《き》」を書いている。四十三歳頃のことである。宗祇への思いに収斂《しゅうれん》してゆく中で、さまざまな古人への思いも心をよぎり、旅心が高揚している。「笠の記」の全文を掲げよう。

　草《くさ》の扉《とぼそ》に待《ま》ち侘《わ》びて、秋風《あきかぜ》の寂《さび》しき折々《をりをり》、妙観《めうくわん》が刀《かたな》を借《か》り、竹取《たけとり》の巧《たく》みを得《え》て、竹《たけ》を裂《さ》き、竹を曲《ま》げて、自《みづか》ら笠作《かさつく》りの翁《おきな》と名乗《なの》る。巧《たく》み拙《つたな》ければ、日《ひ》を尽《つ》くして成《な》らず。心安《こころやす》からざれば、日《ひ》を経《ふ》るに懶《ものう》し。朝《あした》に紙《かみ》を以《も》て張《は》り、夕《ゆふ》べに干《ほ》して、また張《は》る。渋《しぶ》といふ物《もの》にて色《いろ》を染《そ》め、いささか漆《うるし》を施《ほどこ》して堅《かた》からんことを要《えう》す。二十日過《はつかす》ぐるほどにこそ、やや出《い》で来《き》にけれ。笠《かさ》の端《は》の、斜《なな》めに裏《うら》に巻《ま》き入《い》り、外《そと》に吹《ふ》き返《かへ》して、ひとへに荷葉《かえふ》の半《なか》ば開《ひら》くるに似《に》たり。規矩《きく》の正《ただ》しきより、なかなかをかしき姿《すがた》なり。かの西行《さいぎやう》の侘笠《わびがさ》か、坡翁雪天《はをうせつてん》の笠《かさ》か。いでや宮城野《みやぎの》の露《つゆ》、見《み》に行《ゆ》かん、呉天《ごてん》の雪《ゆき》に杖《つゑ》を曳《ひ》かん。霰《あられ》に急《いそ》ぎ、時雨《しぐれ》を待《ま》ちて、漫《そぞ》ろに愛《め》でて、殊《こと》に興《きよう》ず。興中《きようちゆう》、俄《にはか》に感《かん》ずることあり。再《ふたた》び宗祇《そうぎ》の時雨《しぐれ》に濡《ぬ》れて、自《みづか》ら筆《ふで》を取《と》りて、笠《かさ》のうちに書《か》き付《つ》け侍《はべ》りけらし。

世《よ》にふるもさらに宗祇の宿《やど》りかな　桃青書

芭蕉はこの俳文の一年前に、『野ざらし紀行』の旅をしているのだが、さらなる旅への誘《いざな》いがここには横溢《おういつ》している。

冒頭に「妙観《めうくわん》が刀《かたな》」(『徒然草』第二百二十九段の「妙観《めうくわん》が刀《かたな》は、いたく立《た》たず」による)、「竹取《たけとり》の巧《たく》みを得《え》て(中略)、自《みづか》ら笠作《かさつく》りの翁《おきな》と名乗《なの》る」(『竹取物語』の冒頭「今《いま》は昔《むかし》、竹取《たけとり》の翁《おきな》といふ者《もの》、ありけり」による)など、古典文学との響映が、目指されている。

続いて、手製の笠作りの工程を、具体的に書いている。二十日がかりで出来上がった笠は、縁《ふち》が内側に巻き込んだり、外側に反《そ》り返ったりして、まるで「荷葉《かえふ》」、すなわち蓮の葉が半《なか》ば開いたようだという形容も巧みである。

手製の笠を前にして、西行の笠や、「坡翁《はをう》」すなわち蘇東坡《そとうば》の雪の日の笠など、和漢の古人の旅姿を思い、宮城野の萩に置く露や、呉の国の雪景色を思い浮かべる。宮城野の露は、『新古今和歌集』に撰ばれた、西行の「哀《あは》れいかに草葉《くさば》の露《つゆ》のこぼるらむ秋風《あきかぜ》立《た》ちぬ宮城野《みやぎの》の原《はら》」という和歌を踏まえている。

この笠があるからには、霰も時雨も、むしろ待ち望まれる。手製の笠をいとおしむ気持ち、旅への心の高まりが、率直に書かれている。「再《ふたた》び宗祇《そうぎ》の時雨《しぐれ》に濡《ぬ》れて」とあるのは、翌年初冬十月からの『笈の小文』の旅で実現した。

日本と中国、和歌と漢詩、歌人と詩人の故事をいくつも重ね合わせながら、芭蕉は「旅への思い」という自らの切実な心情を確認してゆく。この時、芭蕉の心には、あまたの古人・先人たちの姿が、ありありと映し出されているのだろう。

精神の連鎖

貞享四年（一六八七）十月、芭蕉は『笈の小文』の旅に出発する。その時の心意気が伝わる一節が、『笈の小文』冒頭部にある。「西行《さいぎやう》の和歌《わか》における、宗祇《そうぎ》の連歌《れんが》における、雪舟《せつしう》の絵《ゑ》における、利休《りきう》が茶《ちや》における、その貫道《くわんだう》する物《もの》は一《いつ》なり」。時に、芭蕉は四十四歳だった。

西行の和歌、宗祇の連歌、雪舟の水墨画、利休の茶道。芸術の分野はそれぞれ異なるが、各分野の最高の人物をよく見極めて繋げている。異なる文学ジャンル、異なる芸術領域を重ね合わせ、響映させることで、芭蕉は自分の生きる道を発見できた。

神無月《かんなづき》の初《はじ》め、空定《そらさだ》めなき気色《けしき》、身《み》は風葉《ふうえふ》の行末《ゆくすゑ》なき心地《ここち》して、
旅人《たびびと》と我《わ》が名呼《なよ》ばれん初時雨《はつしぐれ》

この句を最初の句として旅立とうとしている芭蕉は、王朝時代の勅撰集で「神無月降《かみなづきふ》りみ降《ふ》らずみ定《さだ》めなき時雨《しぐれ》ぞ冬《ふゆ》の始《はじ》めなりける」(『後撰《ごせん》和歌集』・読み人知らず)と歌われたのと同じ神無月の初めに、旅に出る。

初冬の寂しい初時雨のさなかの旅立ちは、孤独を痛感させるが、自分もまた「旅人」の系譜に連なり、風雅の心で強く古人たちと結ばれているという意識が、『笈の小文』の緊張感を高めている。

芭蕉の俳諧の本質は、このように「立体化する文化」にある。読者もまた、芭蕉に触れることで、芭蕉が立体化させた文化の先端に、自分を加えることができる。かくて「孤独の共有」という連帯が可能となるのである。

3　『おくのほそ道』の旅と人生

旅立ち

『おくのほそ道《みち》』は門人の曾良《そら》を伴って、『笈の小文』の旅から一年半後の元禄二年（一六八九）三月二十七日から九月六日まで、奥羽・北陸を旅した日記である。芭蕉は四十六歳だった。半年前の秋には、信濃国更科《さらしな》の名月を見る『更科紀行《さらしなきこう》』の旅に出ているから、旅の連続とも言えよう。

　月日《つきひ》は百代《はくだい》の過客《くわかく》にして、行《ゆ》き交《か》ふ年《とし》もまた、旅人《たびびと》なり。舟《ふね》の上《うへ》に生涯《しやうがい》を浮《う》かべ、馬《うま》の口《くち》とらへて老《おい》を迎《むか》ふる者《もの》は、日々《ひび》旅《たび》にして、旅《たび》を栖《すみか》とす。古人《こじん》も多《おほ》く旅《たび》に死《し》せる、あり。予《よ》も、いづれの年《とし》よりか、片雲《へんうん》の風《かぜ》に誘《さそ》はれて、漂泊《へうはく》の思《おも》ひ、止《や》まず。海浜《かいひん》にさすらへ、去年《こぞ》の秋《あき》、江上《かうしやう》の破屋《はをく》に蜘《くも》の古巣《ふるす》を払《はら》ひて、やや年《とし》も暮《く》れ、春立《はるた》てる霞の空《そら》に、白川《しらかは》の関越《せきこ》えんと、そぞろ神《がみ》の物《もの》に憑《つ》きて、心《こころ》を狂《くる》はせ、道祖神《だうそじん》の招《まね》きにあひて、取《と》る物《もの》、手《て》につかず。股引《ももひき》の破《やぶ》れを綴《つづ》り、笠《かさ》の緒《を》、付《つ》け替《か》へて、三里《さんり》に灸据《きうす》ゆるより、松嶋《まつしま》の月、先《ま》づ心《こころ》に懸《か》かりて、住《す》める方《かた》は人《ひと》に譲《ゆづ》り、杉風《さんぷう》が別墅《べつしよ》に移《うつ》るに、

草《くさ》の戸《と》も住《す》み替《か》はる代《よ》ぞ雛《ひな》の家《いへ》
面八句《おもてはつく》を、庵《あん》の柱《はしら》に懸《か》け置《お》く。
弥生《やよひ》も末《すゑ》の七日《なぬか》、曙《あけぼの》の空《そら》、朧々《ろうろう》として、月《つき》は有明《ありあけ》にて、光《ひかり》おさまれるものから、不二《ふじ》の峯《みね》、幽《かす》かに見《み》えて、上野《うへの》・谷中《やなか》の花《はな》の梢《こずゑ》、またいつかは、と心細《こころぼそ》し。睦《むつ》まじき限《かぎ》りは、宵《よひ》より集《つど》ひて、舟《ふね》に乗《の》りて送《おく》る。千住《せんぢゆ》といふ所《ところ》にて、舟《ふね》を上《あ》がれば、前途《ぜんと》三千里《さんぜんり》の思《おも》ひ、胸《むね》に塞《ふさ》がりて、幻《まぼろし》の巷《ちまた》に、離別《りべつ》の泪《なみだ》を注《そそ》ぐ。
行く春《はる》や鳥啼《とりな》き魚《うを》の目《め》は泪《なみだ》
これを矢立《やたて》の初《はじ》めとして、行《ゆ》く道《みち》、なほ進《すす》まず。人々《ひとびと》は、途中《とちゆう》に立《た》ち並《なら》びて、後《うし》ろ影《かげ》の見《み》ゆるまではと、見送《みおく》るなるべし。

有名な冒頭部である。久しぶりに江戸の住まいに帰ってきても、また再び旅に誘われる心。いざ旅立ちとなれば、時あたかも江戸は桜が満開で、江戸を離れることに、後ろ髪も引かれる。その芭蕉の後ろ姿を、親しい門人・友人たちが総出で見送る。しかし、今引用した本文のすぐ後で、「もし生《い》きて帰《かへ》らばと、定《さだ》めなき頼《たの》みの末《すゑ》を懸《か》け」とまで書いて、旅の途上での死さえ覚悟していた芭蕉である。

注釈書との響映

ここで、今引用した冒頭部を「響映読み」して、『方丈記』や『徒然草』との関わりを読み取ってみたい。

閑居に憧れた芭蕉は、俳文『幻住庵記《げんじゆうあんのき》』などで、鴨長明の『方丈記』にも通じるような草庵生活を描いている。それでは、芭蕉は、『方丈記』をどのような版本で読んだのだろうか。江戸時代には、注釈付きの本文が出版されていた。そのうちの一つ『首書《しゆしよ》鴨長明方丈記』（「カシラガキ」とも、一六五七年）には、冒頭近くの「仮の宿り」という言葉の注釈として、李白の、「夫《それ》、天地ハ万物ノ逆旅《げきりよ》ナリ、光陰ハ百代《はくたい》ノ過客ナリ、シコウシテ、浮生《ふせい》ハ夢ニ苦シム」（「夢ノ若《ごと》シ」が正しい）という漢詩句が引用されている。これは、『おくのほそ道』の「月日《つきひ》は百代《はくだい》の過客《くわかく》にして、行《ゆ》き交《か》ふ年《とし》もまた、旅人《たびびと》なり。舟《ふね》の上《うへ》に生涯《しやうがい》を浮《う》かべ、馬《うま》の口《くち》とらへて老《おい》を迎《むか》ふる者《もの》は、日々《ひび》旅《たび》にして、旅《たび》を栖《すみか》とす」という書き出しの典拠として挙げられることが多

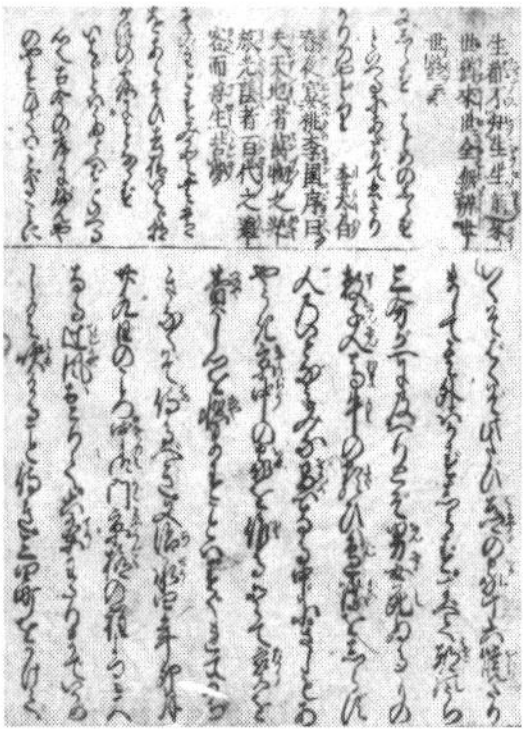
『首書鴨長明方丈記』

い。

　これまで、李白から芭蕉への直接の影響関係は重視されてきたが、そこに、『方丈記』の注釈書の存在を介在させれば、「百代の過客」という言葉が芭蕉の心に浮上してきた回路は、江戸時代に読まれていた『方丈記』の版本と通じているのではないだろうか。

　もう一つは、『徒然草絵抄《つれづれぐさえしょう》』である（芭蕉の生存中に刊行されている）。これは、『徒然草』の注釈書であるが、文字ではなく、本文の上部スペースに描かれている挿絵のみで本文の意味を読者に伝えるという異色作である。『徒然草』の第百四十八段には、「四十以後《しじふいご》の人《ひと》、身《み》に灸《きう》を加《くは》へて、三里《さんり》を焼《や》かざれば、上気《じやうき》の事《こと》あり。必《かなら》ず、灸《きう》すべし」とある。『徒然草絵抄』のこの段の挿絵（図版の左側）には、一人の男が膝下《ひざした》の箇所に、自分でお灸を据えている図が描かれている。私は、この絵を見た時に、『おくのほそ道』の「三里《さんり》に灸《きう》据《す》ゆるより」という表現が思い浮かんだ。ちなみに、図版の右側は、お灸の数が多いと、

『徒然草絵抄』

神事にさしさわるという俗信を否定した第百四十七段の挿絵である。連続章段の内容を、ひとつづきの場面のように描いている。

芭蕉は、旅立ちに備えて健脚になるようにと意図して、三里にお灸を据えたのであろうが、「そぞろ神《がみ》の物《もの》に憑《つ》きて、心《こころ》を狂《くる》はせ、道祖神《だうそじん》の招《まね》きにあひて、取《と》る物《もの》、手《て》につかず」とまで書いている。この状態は、『徒然草』第百四十八段の「三里《さんり》を焼《や》かざれば、上気《じやうき》の事《こと》あり」の「上気《じやうき》の事《こと》（頭に血がのぼって興奮すること）」と、心身の状態として響き合うように思われる。先ほど述べたように、この時の芭蕉は四十六歳であり、まさに「四十以後の人」だった。伊賀上野に生まれた芭蕉は、兼好が伊賀の国見山で没したという、江戸時代に流布《るふ》していた伝説に強い関心を持っていた。その芭蕉にとって、『徒然草』第百四十八段のお灸の話は、身につまされるものであったろう。

旅の行程

室《むろ》の八島《やしま》、日光、那須野《なすの》、雲巌寺《うんがんじ》、殺生石《せつしようせき》、白川《しらかわ》の関《せき》、武隈《たけくま》の松、宮城野、多賀城《たがじよう》の壺《つぼ》の碑《いしぶみ》、末の松山、塩竈《しおがま》、松嶋、平泉、立石寺《りゆうしやくじ》、最上川、羽黒山、月山、象潟《きさかた》……。このように『おくのほそ道』に描かれている地名や山川の名を挙げてゆくだけでも、陸奥《みちのく》の豊かな文学性が立ち現れてくる思いがする。

数々の名刹《めいさつ》や平安時代以来の歌枕、そして古戦場を実際にこの目で見た芭蕉は、感慨もひとしおだった。「千年《ちとせ》のかたち」（武隈の松）、「五百年来《ごひやくねんらい》の俤《おもかげ》」（塩竈の宝燈）、「千年《ちとせ》の記念《かたみ》」（平泉の光堂）など、同様の表現が繰り返し書かれている。特に「壺の碑」の次の一節は、そのような感慨が詳しい。

昔《むかし》より詠《よ》み置《お》ける歌枕《うたまくら》、多《おほ》く語《かた》り伝《つた》ふと言《い》へども、山崩《やまくづ》れ、川流《かはなが》れて、道《みち》あらたまり、石《いし》は埋《うづも》れて土《つち》に隠《かく》れ、木《き》は老《お》いて若木《わかぎ》に変《か》はれば、時移《ときうつ》り代変《よへん》じて、その跡《あとたし》確かならぬ事《こと》のみを、ここに至《いた》りて、疑《うたが》ひなき千歳《せんざい》の記念《かたみ》、今眼前《いまがんぜん》に古人《こじん》の心《こころ》を閲《けみ》す。行脚《あんぎや》の一徳《いつとく》、存命《ぞんめい》の悦《よろこ》び、羇旅《きりよ》の労《つか》れを忘《わす》れて、泪《なみだ》も落《お》つるばかりなり。

ここに「存命の悦び」という言葉が、字眼のように埋め込まれていることに留意したい。「存命の悦び（喜び）」は、『徒然草』第九十三段で用いられている言葉である。無常の世を乗り越えるために、兼好が『徒然草』で提示したのが、この「存命の悦び」だった。「今、ここ」で、自分が生きていることの喜びを実感すること。それが、有限な生を受けた人間の前に開かれた、希望の道である。芭蕉も、眼前の光景と『徒然草』の言葉を響き合せながら、日々、旅していたのだろう。なお、右の引用文中、地形の変化の描き方には、『方丈記』の元暦の大地震の描写と、通じ合うものを感じる。

終わらない旅

象潟から先、北陸道に入ってから、旅の疲れで九日間も記述が空《あ》く。ようやく市振《いちぶり》・金沢・小松と旅を進めるが、加賀の山中《やまなか》温泉で、とうとう同行してきた曾良が病いに罹《かか》ってしまう。曾良は、親戚の住む伊勢長島に行くことになった。

その後一人になった芭蕉は、金沢の俳人北枝《ほくし》に送られて、永平寺に行き、その後、福井に旧知の等栽《とうさい》を訪ねた。捜し当てた住まいは、夕顔や糸瓜《へちま》が生えかかる市中の小家で、そこに昔物語の風情《ふぜい》を感じるのだった。そして今度は、その等栽に送られて敦賀《つるが》で月見をしたり、種《いろ》の浜《はま》まで船遊びをしたりする。そのうちに弟子の露通《ろつう》も敦賀に迎えに来て、美濃《みの》国大垣《おおがき》に辿り着く。『おくのほそ道』最後の場面である。

露通《ろつう》も、この港《みなと》まで出《い》で迎《むか》ひて、美濃《みの》の国《くに》へと伴《ともな》ふ。駒《こま》に助《たす》けられて、大垣《おほがき》の庄《しやう》に入《い》れば、曾良《そら》も伊勢《いせ》より来《きた》り合《あ》ひ、越人《ゑつじん》も馬《うま》を飛《と》ばせて、如行《じよかう》が家《いへ》に入《い》り集《あつ》まる。前川子《ぜんせんし》・荊口父子《けいこうふし》、その外《ほか》、親《した》しき人々《ひとびと》、日夜訪《にちやとぶら》ひて、蘇生《そせい》の者《もの》に会《あ》ふが如《ごと》く、かつ悦《よろこ》び、かつ労《いたは》る。旅《たび》の物憂《ものう》さも、いまだ止《や》まざるに、長月六日《ながつきむいか》になれば、伊勢《いせ》の遷宮《せんぐう》拝《をが》まんと、また舟《ふね》に乗《の》りて、

蛤《はまぐり》のふたみに別《わか》れ行《ゆ》く秋《あき》ぞ

大垣に到着した芭蕉に会おうと、各地から参集してくる弟子たち。そして「蘇生《そせい》の者《もの》に会《あ》ふが如《ごと》く」という表現。『おくのほそ道』冒頭の、決死の覚悟の旅立ちと、合わせ鏡のような構造であるが、最後の一文は、ここで旅を完結させず、新たな旅立ちに歩みを進めて、言外に無限の余韻を持たせている。

『おくのほそ道』には、さまざまな出会いと別れがあった。歴史の中で、古来からずっと消滅することなく存在し続けてきた歌枕や名刹《めいさつ》、そして変わらぬ山川草木《さんせんそうもく》と、春から秋への季節の移ろい。王朝の『土佐日記』以来、数々の紀行文学の名作があったけれども、『おくのほそ道』ほど、旅が人生であり、人生が旅であることを描き切った作品はないだろう。

風雅を生きた芭蕉なればこそ、移ろいゆくもの（流行）と、持続し続けるもの（不易《ふえき》）を二つながら認識し、書き残すことができた。『おくのほそ道』は、現代に至るまで、風雅の道の真髄を指し示している。芭蕉の「風雅」は、王朝時代の「みやび」と中世の「無常」を響映させ、重ね合わせた上に成り立ち、さらには近代へと繋がり、日本文学の力強い鼓動を伝えている。

4　草庵記を読む

閑居の中での心のあり方

芭蕉の旅は、優れた紀行文をいくつも生み出したが、旅に出ていない時の生活と心の内面は、「草庵記《そうあんき》」と総称できる数々の俳文や、唯一の日記『嵯峨日記《さがにっき》』などに書かれている。ここではそれらの中から、芭蕉の人生観が表れているものを取り上げたい。まず最初に、貞享《じょうきょう》三年（一六八六）冬に書かれた俳文『閑居の箴《かんきょのしん》』を読んでみよう。「箴」とは、「戒めの言葉」という意味である。

あら、物《もの》ぐさの翁《おきな》や。日頃《ひごろ》は、人《ひと》の訪《と》ひ来《く》るもうるさく、人《ひと》にも見《まみ》えじ、人《ひと》をも招《まね》かじと、数多度《あまたたび》、心《こころ》に誓《ちか》ふなれど、月《つき》の夜、雪《ゆき》の朝《あした》のみ、友《とも》の慕《した》はるるも、わりなしや。物《もの》をも言《い》はず、ひとり酒《さけ》飲《の》みて、心《こころ》に問《と》ひ、心《こころ》に語《かた》る。庵《いほり》の戸《と》、押《お》し開《あ》けて、雪《ゆき》を眺《なが》め、または盃《さかづき》を取《と》りて、筆《ふで》を染《そ》め、筆《ふで》を捨《す》つ。あら、物《もの》ぐるほしの翁《おきな》や。

　酒飲めばいとど寝られぬ夜の雪

ここには深川の庵で、自分自身の心を深く見詰める芭蕉の姿がある。孤独に沈潜しつつも、友を慕う気持ちもあり、自分で自分の心を測りかねている。このような心境は、中世の兼好や、連歌師の心敬《しんけい》とも通じる側面が濃厚で、兼好の『徒然草』や心敬の『ささめごと』に見える表現と重なる。

たとえば、冒頭部は、『徒然草』第百七十段の、「さしたる事《こと》なくて、人のがり行《ゆ》くは、良《よ》からぬ事《こと》なり。用有《ようあ》りて行《ゆ》きたりとも、その事果《ことは》てなば、疾《と》く帰《かへ》るべし。久《ひさ》しく居《ゐ》たる、いとむつかし。人《ひと》と向《む》かひたれば、言葉《ことば》多《おほ》く、身《み》もくたびれ、心《こころ》も閑《しづ》かならず、万《よろづ》の事《こと》、障《さは》りて時《とき》を移《うつ》す、互《たが》ひのため、益《やく》なし」とよく似ている。

また『閑居の箴』のその後の部分は、やはり『徒然草』第百七十五段の、「月《つき》の夜《よる》、雪《ゆき》の朝《あした》、花《はな》の下《もと》にても、心長閑《こころのどか》に物語《ものがたり》して、盃《さかづき》出《い》だしたる、万《よろづ》の興《きよう》を添《そ》ふる業《わざ》なり。徒然《つれづれ》なる日《ひ》、思《おも》ひの外《ほか》に、友《とも》の入《い》り来《き》たりて、とり行《おこな》ひたるも、心慰《こころなぐさ》む」という文章に、発想も表現も近い。

『閑居の箴』末尾には、「または盃《さかづき》を取《と》りて、筆《ふで》を染《そ》め、筆《ふで》を捨《す》つ」とあった。この表現は、『徒然草』第百五十七段の「筆《ふで》を取《と》れば、物書《ものか》かれ、（中略）盃《さかづき》を取《と》れば、酒《さけ》を思《おも》ひ」をかすめ、「あら、物《もの》ぐるほしの翁《おきな》や」は、有名な『徒然草』序段の、「徒然《つれづれ》なるままに、日暮《ひぐ》らし、硯《すずり》に向《む》かひて、心《こころ》にうつりゆく由無《よしな》し事《ごと》を、そこはかとなく書《か》きつくれば、あやしうこそ物狂《ものぐる》ほしけれ」を踏まえる。

また、心敬の『ささめごと』にある「花《はな》の下《もと》の半日《はんじつ》の客《かく》、月《つき》の前《まへ》、一夜の友《とも》をも、情け深き類をば、香《かう》ばしく思ひ、恋《こ》ひ偲《しの》び侍《はべ》るべし」や、「清巌和尚《せいがんをしやう》、常《つね》に語《かた》り給《たま》ひし。『雨風《あめかぜ》につけ、ひめもすに夜もすがら、和歌の友《とも》のことをのみ思《おも》ひ出《い》で侍《はべ》る』とありし。情深《なさけふか》し」とも共通する。「清巌和尚」とは、『徒然草』の価値を初めて見出した正徹《しようてつ》のことである。芭蕉は、兼好・正徹・心敬たちの作品と、我が心とを響映させずにはいられない。孤独と交友の間で揺れる気持ちが、強くあったのである。

『幻住庵記』における人生回顧

元禄二年九月、『おくのほそ道』の旅を終えた芭蕉は、翌年四月から七月まで、近江の大津の幻住庵《げんじゆうあん》に滞在した。俳文『幻住庵記』は、庵での長閑《のどか》な暮らしぶりを書く一方で、末尾の部分に、「ある時《とき》は、仕官懸命《しくわんけんめい》の地《ち》を羨《うらや》み、一度《ひとたび》は、仏籬祖室《ぶつりそしつ》の扉に入《い》らむとせしも、たどりなき風雲《ふううん》に身《み》を責《せ》め、花鳥《かちやう》に情《じやう》を労《らう》して、暫《しばら》く生涯《しやうがい》のはかりごととさへなれば、終《つひ》に、無能無才《むのうむさい》にして、この一筋《ひとすぢ》に繋《つな》がる」とある。

俳諧の道に生涯を捧げた自分の人生を振り返りつつ、この道に入るために自分が振り捨てた人生の可能性を回想して、痛切である。芭蕉は、武士でも僧侶でもない、一介《いつかい》の誹諧師（俳諧師）として一生を生き抜いた。

『嵯峨日記』から『閉関之説』へ

芭蕉は、翌年、元禄四年四月半ば過ぎから五月初めまで、京都の嵯峨・落柿舎《らくししや》に滞在した。この時の滞在記が芭蕉唯一の日記『嵯峨日記《さがにつき》』である。弟子たちの好意で、庵には調度品や酒肴《しゆこう》・酒器、寝具などが整えられ、その後も弟子たちの頻繁な訪問と来信があり、今は亡き杜国《とこく》の夢など、親密な人間関係が書かれている。

しかし、弟子たちとの交友を大切にする一方で、四月二十一日から二十二日にかけて、「今宵《こよひ》は人《ひと》もなく、昼臥《ひるふ》したれば、夜も寝《いね》られぬままに、幻住庵《げんぢゆうあん》にて書《か》き捨《す》てたる反古《ほうご》を尋《たづ》ね出《い》だして、清書《せいしよ》す」、「今日《けふ》は人《ひと》もなく、寂《さび》しきままに、むだ書《が》きして遊《あそ》ぶ」、「独《ひとり》住《す》むほど、おもしろきはなし」、「長嘯隠士《ちやうせういんし》の曰《いは》く、客《かく》は半日《はんじつ》の閑《かん》を得《う》れば、あるじは半《はん》日《じつ》の閑《かん》を失《うしな》ふと」など、ひとり静かに、無聊《ぶりよう》と向き合う時間も書いており、先に取り上げた俳文『閑居の箴』とも響き合う。

このような芭蕉の相反する心は、俳文『閉関之説《へいかんのせつ》』では、「人《ひと》、来《きた》れば、無用《むよう》の弁《べん》あり。出《い》でては、他の家業《かげふ》を妨《さまた》ぐるも憂《う》し。孫敬《そんけい》が戸《と》を閉《と》ぢて、杜五郎《とごらう》が門を閉《と》ざさむには。友《とも》なきを友《とも》とし、貧《まづ》しきを富《と》めりとして、五十年の頑夫《ぐわんぷ》、自《みづか》ら書《しよ》し、自《みづか》ら禁戒《きんかい》となす」と書き、門人・知友たちとの交際を絶つところまで、もう一度、自分の人生のあり方を真摯《しんし》に考えている。

芭蕉の旅と人生

芭蕉は、生涯を旅から旅へと生きた。『閉関之説』の後も、深川の庵に閉じ籠もって定住することなく、翌年の元禄七年五月には、伊賀に帰郷し、その後、大津・京都・

膳所《ぜぜ》、再び京都・伊賀・奈良・大坂と旅して、先々で句会を行ったが、ついに大坂で発病し、十月十二日に亡くなった。

芭蕉の生涯は、まさに旅と草庵の往還だった。その芭蕉の生き方こそ、「風雅のまこと」を求め続けた芭蕉の文学そのものである。現代に至るまで、なぜ、芭蕉が人々の心を捉えて離さないのか。それは彼の俳諧の世界が、人生と深く結び付いているからであり、芭蕉の背後には、宗祇も心敬も兼好も長明も西行も生き続けて、彼らが探求し続けた「人生観の文学」が響映し続けている。読者の心の中でも、「文学」と「人生」とが分かちがたく結び付く。限りある人生を、いかに生きるべきか。その問いかけに答えてくれるのが、文学に他ならない。

海外における俳諧の受容

芭蕉は、生前から多くの弟子たちに敬愛されたが、現代においても芭蕉の足跡を慕う人々は多い。

芭蕉の文学は、国内だけでなく、世界各地でも読まれ、研究されてきた。早くに、チェンバレンが『芭蕉と日本の抒情的エピグラム』（一九〇二年）を著し、フランスでは、短詩のかたちで俳諧が創作された。それらの作品は、堀口大學《ほりぐちだいがく》の訳詩集『月下《げっか》の一群《いちぐん》』にも、「アイカイ詩」として収められている。本章では芭蕉の人生観と深く関わる紀行文や俳文に焦点を絞ったが、ドナルド・キーンによる『おくのほそ道』の優れた英語訳もある。

俳諧は海外において、『源氏物語』や能などと共に、日本文学、ひいては日本文化の象徴として関心を持たれている。世界文学として、各国各地で、それぞれの言語で俳句（ハイク）が作られているのも、極小のミクロコスモスとも呼びうる俳諧の簡素なスタイルが、受容の可能性と創作上の汎用性に、富むからであろう。

現代社会において、響映する範囲が広い文学として、俳諧があり、その中心点に芭蕉がいる。その芭蕉の発信力は、芭蕉に至るまでの古典文学の蓄積を背景としていることを思うならば、古典と現代、日本と世界は、ひとつながりの時空として、親和力の中にある。

◉第七章　本居宣長の学問

1　本居宣長とその著作

宣長の人生を辿る

まず最初に、本居宣長《もとおりのりなが》（一七三〇～一八〇一）の生涯を、彼の年齢を挙げながら辿り、略年譜風に、学問形成と著述のおおよそを眺望してみたい。

本居宣長は享保《きょうほう》十五年、伊勢の松坂商人の家に生まれた（現在の三重県松阪市）。当時の松坂は、紀州徳川藩の支配下にあった。父は小津定利《おづさだとし》と言い、木綿を扱う商人だった。「本居」は、先祖がかつて蒲生《がもう》家に仕える武士だった時代の苗字である。

父の死後、一時は他の商家の養子になったが復籍。数えの二十三歳の年、医学の修業のために、憧れの地である京都に遊学し、儒学や和歌の勉強にも励んだ。この多感な時期に書かれたのが、『在京日記《ざいきょうにっき》』である。姓を「本居」と改めたのも、この頃である。二十六歳で医者となり、宣長と名告った（幼名は富之助、十二歳から栄貞《よしさだ》）。この在京中に、『日本書紀』『湖月抄《こげつしょう》』『古事記』『万葉集』を買い求めた。二十八歳で松坂に戻り、医者を開業した。医業は、亡くなる直前まで続けた。

翌年、二十九歳で『源氏物語』の講読会を開始し、以後四十年間、継続した。宣長にとって、『源氏物語』は自分の人生そのものを託すに足る作品だった。北村季吟《きたむらきぎん》の著した画期的な『源氏物語』の注釈書である『湖月抄』に学びながらも、『湖月抄』を大きく超えた宣長の独自の『源氏物語』論は、後年の名著『玉《たま》の小櫛《おぐし》』に結実した。弟子たちとの講義形式での読書は、宣長の『源氏物語』に対する認識を、日々深めるのにふさわしいスタイルだった。

宝暦十三年（一七六三）五月、宣長が三十四歳の時、国学の先駆者である賀茂真淵《かものまぶち》（一六九七～一七六九）との運命の出会い、「松坂の一夜」があった。宣長の随筆『玉勝間』巻二の、「おのが物まなびの有《あり》しやう」や「おのれあがたゐの大人《うし》の教《をしへ》をうけしやう」などによると、松坂に立ち寄った真淵から、『万葉集』『古事記』の重要性を教えられて、「国学」の研究に専心する覚悟を固めたことが窺われる。この年に執筆した『石上私淑《いそのかみささめ》言《ごと》』で、「もののあはれ」という概念を初めて提唱している。三十五歳で、『古事記』の研究にも本格的に着手し、これが後の大著『古事記伝』に結実する。宣長にとって、『源氏物語』と『古事記』のどちらが、より重要だったかは、学者によって見解が分かれるだろう。私は、講読会の開始が早かった『源氏物語』への没入が、宣長の学問の根底にあるのではないかと考えている。

四十三歳の時、吉野と飛鳥《あすか》を旅し、『菅笠日記《すががさにっき》』を著す。五十四歳の時、「鈴屋《すずのや》」と名づけた書斎が完成した。

六十一歳になって、『古事記伝《こじきでん》』の刊行が開始された。研究の開始から、実に四半世紀が経《た》っていた。六十三歳で、松坂を治めていた紀州徳川家に仕官するが、松坂在住を許可されている。当初は五人扶持《ぶち》、後に加増されて十人扶持となった。六十四歳から、随筆『玉勝間《たまかつま》』の執筆を開始した。六十九歳の時、遂に『古事記伝《こじきでん》』の原稿が完成した。万感の思いを込めて、自らの学問の初心と現

宣長の墓（山室山）

在までの歩みを振り返り、『初山踏《ういやまぶ》み』を書く。七十歳、『初山踏み』と共に、青春時代からの『源氏物語』愛読の総決算である『玉の小櫛』を刊行する。その後、享和《きょうわ》元年に七十二歳で没した。時に一八〇一年、十九世紀の最初の年だった。宣長の奥津城《おくつき》は、山室山《やまむろやま》にある（現・松阪市山室町）。奥津城は墓所のことだが、この言葉は、外から奥まって構えられている意。傍《かたわ》らには山桜の木が植えられ、「敷島《しきしま》の大和心《やまとごころ》を人問《ひと》はば朝日に匂《にほ》ふ山桜花《やまざくらばな》」という、宣長六十一歳の時の自賛歌を形象している。

宣長の多彩な著作と子孫たち

その他にも、家集の『鈴屋集《すずのやしゅう》』、歴史的仮名づかいや文語文法を確立した『詞《ことば》の玉《たま》の緒《お》』『てにをは紐鏡《ひもかがみ》』など数多くの著作を残している。まさに、文学と言語、そして文化の総合的な研究に、一生を捧げた人生だった。宣長の著作の刊行は没後も続けられ、『古事記伝』の最終巻が刊行されたのは、一八二二年、没後二十一年目のことだった。

実子の本居春庭《はるにわ》は失明したが、『詞八衢《ことばのやちまた》』など国語研究に大きな業績を残した。家督は、養子の本居大平《おおひら》が継いだ。明治時代に国文学者・歌人として重きをなし、御歌所《おうたどころ》寄人《よりうど》を務めた本居豊穎《とよかい》は、宣長の曾孫。豊穎の孫が、「十五夜お月さん」や「赤い靴」

などで知られる作曲家の本居長世《ながよ》である。

2　宣長の学問と和歌

『玉勝間』から垣間見る研究姿勢

宣長の名随筆として名高い『玉勝間《たまかつま》』は、六十四歳の時から亡くなるまで書き継がれたもので、全五編十四巻から成り、各巻には優美な巻名が付けられている。ちなみに、第一巻は「初若菜《はつわかな》」である。全巻の最初には、『玉勝間』という書名の由来を示す和歌が掲げられている。

言草《ことぐさ》のすずろにたまる玉《たま》かつま摘《つ》みて心《こころ》を野辺《のべ》のすさみに

「言草《ことぐさ》」は「言種」とも書き、「さまざまの言葉に関する話題」の意味である。「かつま」は、漢字では「勝間」「堅間」などと書き、「目が細かい竹籠《たけかご》」の意味で、「草」の縁語。「玉」は美称である。古代から人々は野辺に出て、手籠に若草を摘んで、春の行楽とした。そのような情景を思い浮かべながら、「言の葉」という草の数々を摘んで、その中へ入れる美しい籠として、『玉勝間』と名付けたのであろう。初巻の「初若菜」という巻の名前とも響き合う。

しかも、この和歌の「心《こころ》を野辺《のべ》の」には、「心《こころ》を伸《の》べる」（心を伸びやかに解き放つ）という意味が、掛詞になっている。さらには、「心を述べる」の掛詞である可能性が高い。宣長は自分の心を述べることに、特別の意味を見出していた。

『玉勝間』に書かれたさまざまな話題は、すべて宣長の心を述べるための「言種」である。「言葉」が「言種」となって、日本語と日本文化と学問に関わる話題を書き綴った随筆『玉勝間』となったのである。『源氏物語』若菜上巻にも「ただ心を述べて」とあり、東屋《あずまや》巻にも、「心、述べける」という表現がある。

ここでは、『玉勝間』の中から「師《し》の説《せつ》に泥《なづ》まざる事《こと》」（学問に志す人間は、自分の師匠の説に取り込まれて、一歩も先へ進めないようであってはならない）の一節を、読んでみよう。宣長は、ここで、どのような自分の心を述べているのだろうか。

己《おのれ》、古典《いにしへぶみ》を説《と》くに、師《し》の説《せつ》と違《たが》へること多《おほ》く、師《し》の説《せつ》の悪《わろ》きことあるをば、弁《わきま》へ言《い》ふ事《こと》も多《おほ》かるを、いとあるまじき事《こと》と思《おも》ふ人《ひと》、多《おほ》かゝめれど、これ則《すなは》ち、我《わ》が師《し》の心《こころ》にて、常《つね》に教《をし》へられしは、「後《のち》に良《よ》き考への出《い》で来《き》たらんには、必《かなら》ずしも師《し》の説《せつ》に違《たが》ふとて、な憚《はばか》りそ」となむ、教《をし》へられし。こは、いと尊《たふと》き教《をし》へにて、我《わ》が師《し》の、世《よ》に優《すぐ》れ給《たま》へる一《ひと》つなり。

宣長の師は、賀茂真淵《かものまぶち》である。宣長は、真淵を心から尊敬していた。だが、一人の学者の人生においても、学問に励めば理解が深まって自分自身の以前の説とは違ってくるし、次の時代の学者が前の時代の学者の考えの不十分な点に気づくこともある。いや、違うべきだし、気づかねばならぬ。それが学問の厳しさである。だから、自分の先生の意見だからと言って、金科玉条《きんかぎょくじょう》として墨守するなら学問の進歩は阻害されるし、先生の意見を誤りと知りつつ訂正しないのは、学問に対する冒瀆である。

宣長は、このような学問に対する厳格な姿勢を、終生、貫き通した。宣長が愛した『源氏物語』は、北村季吟が編集した『湖月抄』で広く読まれてきた。そこには、藤原定家以来、歴代のすぐれた源氏学者たちの卓見が網羅されている。宣長は『玉の小櫛』において、定家から季吟に至る文化人たちの意見に対して、文字通り、忌憚《きたん》のない批判を繰り返している。四辻善成《よつつじよしなり》、一条兼良《いちじょうかねら》、宗祇《そうぎ》、三条西実隆《さんじょうにしさねたか》たちが生涯を賭けて積み上げ、伝承してきた学問の蓄積を、宣長は見事に一人で引っ繰り返す。『湖月抄』以後に書かれ、国学の先駆者となった契沖《けいちゅう》の『源注拾遺《げんちゅうしゅうい》』（『源註拾遺』とも）も例外ではなかった。

宣長の研究姿勢は、伝統文化の継承を「師説の継承」として尊み、受け継いできた中世の「古今伝授」の姿勢とは正反対だった。ここに、中世的な学問スタイルは一掃され、近代的な意味での学問が創始されたのである。個人の意識が確立した、と言ってもよい。

あえて言うならば、宣長は、「響映」させる読み方を、意識して排除し、作品それ自体に目を注いだ。そこに、「個＝孤」としての、他に比類なき解釈が生みだされた。

むろん宣長は、自分が提唱する新しい学説が、世の中にそのまま受け入れられるとは考えていなかった。だが、正しい説ならば、必ず後世で認められる。彼は、学問の進歩を固く信じていた。このような宣長の研究姿勢は、いつの日か、宣長説を乗り越える学者が現れることも、想定しているのであろう。

宣長の歌論

歌論として重要な『石上私淑言《いそのかみささめごと》』で、宣長は和歌の根幹にあるのは「もののあはれ」

という感情である、と主張する。そして、『古今和歌集』の仮名序《かなじょ》を解説しながら、人間の「情＝心」が外界に対して「動く＝反応する」仕組みを、次のように解説している。

（情《こころ》が）動《うご》くとは、ある時《とき》は嬉《うれ》しく、ある時《とき》は悲《かな》しく、または腹立《はらだ》たしく、または喜《よろこ》ばしく、あるは楽《たの》しく面白《おもしろ》く、あるは恐《おそ》ろしく憂《うれ》はしく、あるは愛《うつ》くしく、あるは憎《にく》ましく、あるは恋《こひ》しく、あるは厭《いと》はしく、さまざまに思《おも》ふことのある、これ即《すなは》ち、（その人が）「もののあはれ」を知《し》る故《ゆゑ》に動《うご》くなり。知《し》る故《ゆゑ》に動《うご》くとは、例《たと》へば、嬉《うれ》しかるべきことに会《あ》ひて嬉《うれ》しく思《おも》ふは、その嬉《うれ》しかるべき事《こと》の心《こころ》を弁《わきま》へ知《し》る故《ゆゑ》に、嬉《うれ》しきなり。また悲《かな》しかるべき事《こと》に会《あ》ひて悲《かな》しく思《おも》ふは、その悲しかるべき事の心《こころ》を弁《わきま》へ知《し》る故《ゆゑ》に悲《かな》しきなり。されば、事《こと》に触《ふ》れて、その嬉《うれ》しく悲《かな》しき事《こと》の心《こころ》を弁《わきま》へ知《し》るを、「もののあはれを知《し》る」といふなり。その事《こと》の心《こころ》を知《し》らぬ時《とき》は、嬉《うれ》しき事《こと》もなく悲《かな》しき事《こと》もなければ、心《こころ》に思《おも》ふ事《こと》なし。思《おも》ふ事なくては、歌《うた》は出《い》で来《こ》ぬなり。

たいそうわかりやすい文体である。宣長の文章は、師が弟子に諄々《じゅんじゅん》と「噛んで含める」ように、詳しく説明している印象を与える。それが、「少しずつ確認しながら、少しずつ先へ進めてゆく」宣長の論法の特質である。

さらに、もう一つ、宣長の文体の特質をあげるならば、「大和言葉」で書かれており、音読みする漢字熟語が出てこないことである。宣長は、仏教や儒教など、中国から日本に流入してきた抽象的な学問体系を「漢心《からごころ》」として批判した。そして、日本古来の「大和心《やまとごころ》」を回復しようとした。その姿勢が、漢字熟語を用いずに、大和言葉のみで思索する宣長の独特な文体を確立させている。

さて、ここで何度も用いられている「弁《わきま》へる」は、道理を知るという意味で使われている。人としてこの世に生まれてくれば、多くの人と出会うし、さまざまな出来事を体験したり、見聞したりする。そのつど、「ああ、何と嬉しいことだ」、「何て悲しいのだ」などと心の底から感じることが、「もののあはれを知る」ことであって、その「もののあはれ」の叫びがそのまま和歌となる。「もののあはれ」を知らなければ、喜怒哀楽の感情もなく、そこからは歌も出てこない。宣長はこのように説いている。

だから、人として純粋に生きるためには、作為や人為や人工に汚染されない「人間本来の心の動き」を取り戻す必要があると考えた宣長は、『古事記』研究によって、日本人が古来から持ち続けてきた自然な感情を復元しようと努めたし、『源氏物語』の研究によって、抑えきれない喜怒哀楽に突き動かされて生き、そして死んだ光源氏や柏木の「心」の動きを、凝視しようとしたのである。のみならず、自分でも「もののあはれ」の結晶である和歌を詠み続けた。

宣長の和歌を読む

宣長の家集は、先にも述べたが『鈴屋集』と言う。宣長の書斎には、三十六の小さな鈴が赤い糸で束《たば》ねられ、柱などに懸けて置かれていた。宣長は「ものむつかしき折々《をりをり》」、つまり研究が思うようにはかどらない時には、この鈴を鳴らした。すると、心地が清々《すがすが》しくなったと言う。その鈴のことを、「床《とこ》の辺《べ》（＝床の上）に　我《わ》が懸《か》けて　古偲《いにしへしぬ》ぶ　鈴《すず》が音《ね》の　さやさや」と詠んだ。この書斎の名に因《ちな》んで、宣長は「鈴屋《すずのや》の大人《うし》」と呼ばれたし、その門下のことは「鈴屋門《すずのやもん》」と言う。

その『鈴屋集』から、二首を読んでみよう。

宣長は、『源氏物語』を論じた『玉の小櫛』で、この物語を読めば「恋の心」が理解でき、和歌の勉強にもなると述べている。女三の宮との破滅的な恋愛に走り、若くして死んだ柏木について、「この柏木《かしはぎ》ノ君《きみ》のことを、あはれと思《おも》はぬは、心《こころ》もなき人《ひと》ぞかし」

とまで擁護している。宣長自身は、どのような恋の歌を詠んでいるのだろうか。

幾年《いくとせ》か雲居《くもゐ》の雁《かり》の声《こゑ》をだに聞《き》かで眺《なが》むる秋《あき》の夕霧《ゆふぎり》（「被妨恋《さまたげらるるこひ》」）

現《うつつ》には絶えて久《ひさ》しき逢《あ》ふこともかけて待《ま》たるる夢《ゆめ》の浮橋《うきはし》（「寄橋恋《はしによするこひ》」）

一首目は、光源氏の長男である夕霧《ゆうぎり》が、相思相愛の従姉《いとこ》（頭中将《とうのちゅうじょう》の娘）である雲居雁《くもいのかり》との仲を裂かれて苦しんだという、『源氏物語』のエピソードを踏まえている。二首目は、『源氏物語』の最終巻である「夢浮橋《ゆめうきはし》」巻の名を詠み込みながら、現実には逢えなくなって久しいけれども、せめて夢の中だけでは逢いたいものだという、切ない恋心を歌っている。おそらく、薫の立場で、浮舟への執着心を歌っているのだろう。

この二首とも、成就した恋の喜びではなく、「逢えない恋」の切なさ、苦しさを詠んでいる。夕霧と雲居雁は、この苦しみに耐えて、最終的には結ばれた。ならば、薫と浮舟にも、再会する未来があるのだろうか。宣長は、自分のもとから遠くへ去った浮舟を思う薫の絶望的な恋心に、深く共感しているようだ。

『鈴屋集』には、『源氏物語』と並んで、『伊勢物語』に題材を得た恋歌も多い。物語の中で描かれている恋が、世俗的な処世術に汚染されない「恋の本意《ほんい》」（＝恋の本来の姿）を描いているからだろう。

3　『古事記伝』の世界

小林秀雄の『本居宣長』

宣長が長い歳月を費やして完成させた大著『古事記伝《こじきでん》』は、何のために書かれたのか。何が問題とされているのか。宣長以前には何が不明で、宣長は何を新たに解決したのか。そもそも、宣長はどのような方法で学問的な困難を打開したのか。なぜ宣長の国学は、後の時代に大きな影響を与えたのか。このような、素朴ではあるが答えを出すことが難しい、数々の疑問が湧き上ってきた時、何を道しるべとしたらよいのだろうか。

「本居宣長」という作者名と、『古事記伝』という作品名はあまりにも有名だが、その内実に分け入った本質的な批評は意外と少ない。それに挑んだのが、小林秀雄（一九〇二～八三）である。小林の宣長論の転機は、昭和三十五年の「本居宣長《もとおりのりなが》――「物のあはれ」の説について」である。文芸誌『新潮』の昭和四十年六月号から五十一年十二月号までの長期間の連載をまとめた大著『本居宣長』は、昭和五十二年に刊行された。昭和五十七年には、『本居宣長　補記』も刊行した。

小林の視点は、「文章家」としての宣長の真価に向けられる。小林は、宣長の書き残した「文章」と「言葉」に即して、そこに籠《こ》められた「宣長の心」を発見しようとする。宣長の場合、先に理論があって、その理論を適用した文章が書かれるのではない。つまり、宣長は、「もののあはれ」理論を証明するために『源氏物語』を読んだのではない。文章の門から『源氏物語』に入り、その含蓄に富む言葉を味読しているうちに、自分より以前の学説の誤謬に気づき、新しい物語像を発見した。その大いなる喜びを胸にして文章の門から出てきて、まだ門の中に入ったことのない人に向かって、「門の中はこんな感じですよ」と教えてくれたのが、宣長の「もののあはれ」論なのだ。

宣長の大著『古事記伝』という門の中には、何があるのか。それを論じる場合にも、理論の先行は許されず、宣長の文章にこだわりつつ、その真意を読者が体で感じるしかない。小林の『本居宣長』は、まさに宣長の文章を読むために必要な読み方がなされた、希有の批評文であった。小林の『本居宣長』という書物自体が、「文章の門」「言葉の門」「詩歌の門」「思索の門」なのであり、「宣長の心に至る門」でもある。以上、ここに書いたことは、私自身の、小林秀雄『本居宣長』の読後感であり、小林に導かれての私の「宣長理解」である。

宣長の心が、宣長の文章を味読する小林の筆致によって鮮やかに浮かび上がる『本居宣長』からは、近世の批評家・本居宣長と近代の批評家・小林秀雄とが響き合い、映じ合う。

4　宣長と『源氏物語』

宣長の『源氏物語』論

宣長は青年時代から、『源氏物語』を心から愛した。おそらく彼は、紫式部が十一世紀の初頭に、この物語を著して以降、最も深く『源氏物語』を読んだ読者だっただろう。それほど、彼の解釈は鋭い。三重県松阪市の本居宣長記念館には、宣長が自筆で膨大な書き込みをした『湖月抄』（『湖月鈔』）の版本が残っている。北村季吟が『源氏物語』に関する諸説を整理した画期的な『湖月抄』を手にした宣長は、そこに藤原定家以来の偉大な先学たちの見解が網羅されているのを知り、心から喜ぶと同時に、それを乗り越えようと決意した。そして、実際に乗り越えた。

宣長は、『湖月抄』が『源氏物語』を教訓的に読む姿勢に、根本的な違和感を抱いていた。宣長は、抽象的な理論体系である「漢心《からごころ》」を極端に嫌い、全否定した。『湖月抄』の「教訓的な解釈」とは、政道論の別名だった。帚木《ははきぎ》巻の「雨夜《あまよ》の品定《しなさだ》め」に関する『湖月抄』の解釈は、論壇風発の女性論は見かけ上《じょう》のもので、ここに書かれていることは、庶民の上に立つべき為政者の心構えを説いたものである、とするところにポイントがあった。

正しい政道が行われていたら、その政治体制や身分秩序は正しく、それを肯定しなければならないという考えに、宣長は違和感を感じた。なぜならば、宣長は『源氏物語』をそのような現実肯定論としては読まなかったし、読めなかったからである。宣長が愛した『源氏物語』は、好きになった女性が天皇の后であっても、愛を貫くことが、「人間性の本来の姿」であると知らしめる作品であり、そのような作品に、道徳や政道を持ち出すのは、「漢心」に害された読み方であると考え、間違っていると断定した。宣長は、「政道論」を否定するのと同時に、「もののあはれ」という主題論を説いた。

ただし、宣長が用意周到だったのは、主題論の交替を打ち出す以前の段階で、『湖月抄』

までの研究史を否定することに成功した点である。『源氏物語』を読むためには、五十四の巻々における光源氏の年齢や薫の年齢が確定していなくてはならない。これを、「年立《としだて》」と言う。年立の研究は、室町時代の一条兼良《いちじょうかねら》から始まったが、宣長は光源氏の年齢も、薫の年齢も、旧説からそれぞれ「一歳」訂正している。

また、個々の語句の意味の確定、文脈の解読、名場面の鑑賞、各巻と全巻の主題把握のすべてにわたって、宣長は独創的な新見を打ち出した。そのうちのいくつかは、随筆『玉勝間』にも書かれている。例えば、柏木が密通した相手である光源氏の正妻は、「女三の宮」である。宣長以前には、「女」の字を音読みして「にょさんのみや」と読むことが多かった。ところが、宣長は、「おんなさんのみや」と訓読みすべきだと主張する。また、「御息所《みやすんどころ》」が「皇子・皇女を生んだ女御《にょうご》や更衣《こうい》を指すのだ」と、『玉の小櫛』で述べている。このことは『玉勝間』でも書かれ、現在でも認められている。

『玉勝間』には、学者は野心に駆られて新解釈を打ち出したがる傾向にあるが、その多くはよく考えてみると、それほど優れた説であることは少ない、と述べている。しかし、宣長の『源氏物語』研究は、まさに新解釈の連続であり、その多くは二十一世紀の源氏学の根幹となっている。宣長の学問の独創性と新鮮さは、空前のものだった。しかし、このように近現代人が感じるのは、宣長が、すでに近代的な物の見方をしたり、論理的な記述をしていたからなのであろう。

『玉の小櫛』を読む

『玉の小櫛』は、『源氏物語』全編にわたる具体的な注釈部分に新見が満ちており、壮観である。しかも、注釈に先立つ総論部分で、卓越した「もののあはれ」論を主題論として展開している。宣長が、物語は仏教や儒教の教えのような道徳書ではない、と力説する部分を読んでみよう。

さて、物語《ものがたり》は、もののあはれを知《し》るを旨《むね》とはしたるに、その筋《すぢ》に至《いた》りては、儒《じゅ》・仏《ぶつ》の教《をし》へには背《そむ》ける事《こと》も多《おほ》きぞかし。そは、まづ人《ひと》の情《こころ》のものに感《かん》ずることには、善《ぜん》悪《あく》・邪正《じゃせい》さまざまある中《なか》に、理《ことわり》に違《たが》へることには感《かん》ずまじきわざなれども、情《こころ》は、我《われ》ながら我《わ》が心《こころ》にも任《まか》せぬことありて、自《おの》づから忍《しの》び難《がた》き節《ふし》ありて、感《かん》ずることあるものなり。源氏《げんじ》ノ君《きみ》の上《うへ》にて言《い》はば、空蟬《うつせみ》ノ君《きみ》、朧月夜《おぼろづきよ》ノ君《きみ》、藤壺《ふぢつぼ》ノ中宮《ちゅうぐう》などに心《こころ》を懸《か》けて逢《あ》ひ給《たま》へるは、儒《じゅ》・仏《ぶつ》などの道《みち》にて言《い》はむには、世《よ》に上《うへ》も無《な》き、いみじき不義《ふぎ》・

悪行《あくぎやう》なれば、他《ほか》にいかばかりの良《よ》き事《こと》あらむにても、良《よ》き人《ひと》とは言《い》ひ難《がた》かるべきに、その不義《ふぎ》・悪行《あくぎやう》なる由《よし》をば、さしも立《た》てては言《い》はずして、ただその間《あひだ》のもののあはれの深《ふか》き方《かた》を、返《かへ》す返《がへ》す書《か》き述《の》べて、源氏《げんじ》ノ君《きみ》をば、旨《むね》と良《よ》き人《ひと》の本《ほん》として、良《よ》き事《こと》の限《かぎ》りをこの君《きみ》の上《うへ》に取《と》り集《あつ》めたる、これ物語《ものがたり》の大旨《おほむね》にして、その良《よ》き悪《あ》しきは儒《じゆ》・仏《ぶつ》などの書《ふみ》の善悪《ぜんあく》とは、変《か》はりあるけぢめなり。

宣長は、ここでは「漢心」としての儒教や仏教を否定するために、その教えである「善悪」「邪正」「不義」「悪行」などの音読みする漢語を用いている。

宣長は、光源氏が「人間の本来の心」を持って生きたこと、それが「もののあはれを知る」ことであり、「良き人」の資格である、と言っている。むろん、宣長は光源氏の不義密通を肯定しているのではない。汚れた泥の中から美しい蓮の花が咲いたら美しいように、不義からであっても「もののあはれ」の美しい心が芽生えた事実を良しとしているのだ。

宣長が唱えた「もののあはれ」論は、文学を社会改革や社会維持の道具としようとする「文学有用論」の対極にある。明治時代に殖産興業・富国強兵が叫ばれ、『源氏物語』

が国家のために百害あって一利なしとされた時にも、太平洋戦争の直前に『源氏物語』が天皇に対する不敬の書であるとして排斥された時にも、宣長の唱えた「もののあはれ」の価値は消滅しなかった。それは、一つには、もしも、「もののあはれ」を否定するならば、それは人間性の否定にほかならないからだろう。

人間を、人間たらしめているものとは何か。宣長が提起した問いかけは根源的であった。現代でも、一九四七年モスクワ生まれのピアニスト、ヴァレリー・アファナシエフが、「もののあはれ」という日本語をそのまま使って、自らの音楽観を語るほどに、芸術家たちの心を動かし続けている。

◉第八章

和漢洋の体現者・森鷗外

1　若き日の森鷗外と、和漢洋の教養

鷗外を理解するために

森鷗外《もりおうがい》（一八六二～一九二二）の六十年の生涯は、公私ともにきわめて多忙な人生であった。鷗外の文学活動も、時期ごとに大きく展開している。本章では、鷗外の人生を辿りながら、彼の文学形成とその進展を把握し、各時期の代表作を選んで、その一節を読んでゆきたい。鷗外は、文体やジャンルなど、多彩な広がりを持つ文学者であることが、改めて実感されるであろう。なお、鷗外の年齢は、満年齢で示した。

幼年期の勉学

森鷗外は文久二年（一八六二）、石見国《いわみ》（現在の島根県）津和野《つわの》に生まれた。本名は森林太郎《もりりんたろう》。森家は代々、津和野藩の藩主に仕える典医《てんい》である。七歳で藩校の養老館《ようろうかん》に入学。『孝経《こうきょう》』『大学《だいがく》』『中庸《ちゅうよう》』『論語《ろんご》』『孟子《もうし》』『詩経《しきょう》』などを学んだが、それ以前から養老館塾長米原綱善《よねはらつなえ》に『孟子』を学んでいた。

学生時代とドイツ留学

明治五年（一八七二）、鷗外は、父静男《しずお》とともに上京し、向島小梅村《むこうじまこうめ》に住んだ。秋からは本郷の進文学社でドイツ語を学ぶ。翌年、祖母・母・弟妹も上京した。鷗外はこの年、第一大学区医学校（後の東京大学医学部）予科に入学し、明治十四年、十九歳で東京大学医学部を卒業。陸軍に入る。明治十七年（一八八四）、衛生学研究と陸軍衛生制度調査のためドイツに留学する。ライプツィヒ・ドレスデン・ミュンヘン・ベルリンなどで学び、明治二十一年（一八八八）、帰国した。

文学活動の開始

帰国後は、陸軍軍医として勤務するかたわら、落合直文《おちあいなおふみ》・井上通泰《いのうえみちやす》・妹の小金井喜美《こがねいきみ》子《こ》たちとともに、翻訳詩集『於母影《おもかげ》』を明治二十二年八月の『国民之友《こくみんのとも》』夏期付録に発表した。同年十月には、みずから文学雑誌『しがらみ草紙《ぞうし》』を創刊、明治二十三年から二十四年にかけて、「ドイツ三部作」と総称される小説『舞姫《まいひめ》』『うたかたの記《き》』『文《ふみ》づかひ』を発表し、文学者としての活動もめざましかった。ドイツ留学は、文学者森鷗外を誕生させたと言ってもよいだろう。

鷗外の語彙と表現力

幼少時代からの漢学、学生時代からのドイツ語、さらに留学によるヨーロッパの文学・芸術との直接の接触など、森鷗外の文学形成は、豊かで恵まれたものだった。しかも鷗外は、漢籍・洋書だけでなく、日本の古典文学もよく読んでおり、文字通り「和漢洋」の領域に通じていた。

日本の古典についての造詣の深さは、従来それほど注目されてこなかったが、後述するように『源氏物語』と関連がある作品も見られる。鷗外の語彙と表現力は、漢語・漢文と、日本の古典文学の言葉が基盤となっており、さらに西欧の言語と西欧での実地体験も加わっている。

これは鷗外に限らず、夏目漱石《なつめそうせき》（イギリス体験）や永井荷風《ながいかふう》（アメリカ・フランス体験）などにも共通することであるが、作品世界の背景に和漢洋の深い教養が横たわっている作品を読む場合には、とりわけ表現と文体に注目しつつ、表現を味読することが「読み方」の基本となろう。

ここで言う「味読」とは、作品を、「和漢洋」の芸術作品群と響映させながら読む、ということである。中でも鷗外ほど、「響映読み」にふさわしく、また「響映読み」を必要とする近代文学者はいない。

鷗外をどう捉えるか

鷗外の旺盛な文学活動は、彼が残した膨大な著作群から窺うことができる。ちなみに岩波書店版『鷗外全集』は全三十八巻であるが、どの巻も平均六百頁もある大冊である。このような鷗外の文学世界の全貌を見渡すことは容易ではないが、鷗外の文学世界をどのように捉えることができるのか、ここでは具体例として中島敦《なかじまあつし》の卒業論文を取り上げて、鷗外の世界を垣間見てみよう。

『山月記』などで知られる小説家・中島敦の『耽美派《たんびは》の研究』は、昭和八年（一九三三）

に東京帝国大学文学部国文学科の卒業論文として提出された。筑摩書房版『中島敦全集』第三巻の解説によれば、卒業後の中島は大学院に入学し、研究課題は「森鷗外の研究」だったという。

この論文は、題名にあるように、耽美派の研究であって、森鷗外論ではない。けれども、中島がこの論文の中で鷗外を耽美派の系譜に位置付けていることは、注目される。一般には、鷗外の名前からただちに耽美派を連想することは少ないと思う。二十代半ばの中島敦が書いた『耽美派の研究』を、「鷗外の読み方」の一つの先達として紹介したい。

鷗外のディレッタンティズム

中島の四百二十枚にのぼる四章構成の卒業論文において、第二章第一節が「森鷗外に現れたるでぃれったんてぃずむに就《つ》いて」という考察である。筑摩書房版の全集で六頁である。卒論の第三章が「永井荷風論」、第四章が「谷崎潤一郎論」で、二人に対する論考が合計百三十頁であることを思えば、分量的に見て、鷗外は決して大きな扱いではない。しかし現代の目から見ても、ここには中島敦ならではの鷗外文学への共感と、鋭い分析が見られる。中島敦の鷗外観を、引用してみよう。

> 一体、耽美主義の母胎としてのディレッタンティズムは、高度の教養と、細かい感情と、広い理解力とを必要とする。鷗外の教養や学殖については今さら云《い》うまでもあるまい。（中略）又、彼の感受性について考えて見ても、それが粗雑《そざつ》ではないことは、彼の抒情詩に対する愛好や、初期の浪漫的作品や、その他翻訳ものに見えて居る細かい詩情を見ても分《わ》かる筈《はず》である。ただ、その文章の古典的な格調の正しさのために、一見、感じが堅《かた》い様《よう》に思われるだけで、よく読んで見ると一字一句の末まで無駄がなく、細かい神経がとどいて居《い》ることが見出《みいだ》される。

「鷗外の文章が難解である」というのは、いわば一種の「文学伝説」なのかもしれない。中島敦によれば、鷗外の文章は「古典的な格調の正しさのために、一見、感じが堅い様に思われるだけ」で、「よく読んで見ると一字一句の末まで無駄がなく、細かい神経」が行き届いていると言う。中島がここで繰り返し述べている「細かい感情」「細かい詩情」「細かい神経」という言葉は、換言すれば、鷗外文学の緻密さ・繊細さ・こまやかさを指摘している言葉である。

　そして、「感じが堅い様に思われるだけ」で、「よく読んで見ると一字一句の末まで無駄がなく、細かい神経がとどいて居る」という表現が、そのまま中島敦本人が、その後に執筆した『李陵』などの文体の特質を見事に言い当てていることに驚かされる。中島敦は、自分の理想とする文体の姿を、森鷗外の中に見出していた。

ドイツ三部作の背景

ベルリンを舞台として、日本人のエリート留学生と、踊り子エリスの悲恋を描く『舞《まい》姫《ひめ》』（明治二十三年一月）。ミュンヘンを舞台として、ヴァヴァリア国王ルードイッヒと、画家の娘の悲劇を描く『うたかたの記』（同年八月）。ドレスデンを舞台として、結婚を拒否して王宮の女官となるイイダ姫と、彼女の手紙の橋渡しを依頼された日本の軍人を描く『文づかひ』（明治二十四年一月）。この三作が発表された当時の読者たちにとって、遠い異国の王城に集《つど》う人々や、将来を嘱望《しょくぼう》されてドイツにいる日本人男性の姿は、いかばかり新鮮な驚きであっただろうか。

平安時代の『浜松中納言物語《はままつちゅうなごんものがたり》』や鎌倉時代の『松浦宮物語《まつらのみやものがたり》』などのように、日本人男性が中国大陸で、恋に、戦いに、波瀾万丈の青春を繰り広げる物語は、古くから存在した。だが、鷗外の「ドイツ三部作」には、自身がヨーロッパの地を踏んで、四年間暮らした体験が息づいている。

「ドイツ三部作」はいずれも悲劇的な色彩が強いが、それぞれの作品に登場する日本人たちは、ヨーロッパ社会に溶け込んでいるように描かれている。そのような姿として描き出したことには鷗外の意図があったにしても、作品内で違和感を感じさせない。鷗外自身がドイツに留学したのは、明治十七年である。わが国が鎖国を解いてから二十年と経っていない時期だったにもかかわらず、鷗外自身の留学中の態度が、彼をしてヨーロッパの文物を吸収・消化せしめたのであろう。

鷗外は自らの留学体験を回想して、「僕は三年が間に、独逸《ドイツ》のあらゆる階級の人に交った。つまらない官名を持っていたお蔭《かげ》で、王宮のアッサンブレエやソアレエにも出て見た。労働者の集まる社会党の政談演説会にも往って見た」と書いている。「アッサンブレエ」は、バレエ用語だが、ここでは舞踏会の意味だろう。「ソアレエ」は夜会のこと。吉田健一は、「森鷗外のドイツ留学」(『東西文学論』所収)で、鷗外のこの文章を引きながら、「確かに彼が軍人だったことも、そういう意味で彼には非常に有利だったに違いない。当時のヨオロッパでは、軍人というのは筋が通った職業で軍人には大概の社会が開かれていたからである。(中略)その上に、鷗外は医者でもあって、この二つの資格で彼はどこにでも出入りすることが出来た。併《しか》しそれにしても、彼はドイツで実に自由に振舞《ふるま》っている」と述べている。

これはまさに、「ドイツ三部作」の背景を洞察した炯眼《けいがん》である。吉田健一の指摘は、『独逸日記《どいつにっき》』（『鷗外全集』第三十五巻所収）と「ドイツ三部作」を合わせ読むとよいという「読み方のヒント」を与えてくれる。一人の文学者の異なるジャンルの作品群を「響映読み」することの醍醐味を、吉田健一は教えてくれる。

『舞姫』の表現

典雅な文語文で書かれた「ドイツ三部作」から『舞姫』の一節、主人公の太田豊太郎《おおたとよたろう》が下宿に帰る途中、古寺（教会）の前で初めてエリスに出会う場面を引用しよう。明治の文壇は、まもなく「言文一致」の荒波に呑み込まれてしまうが、『鷗外』は格調高い「雅文体《がぶんたい》」（文語文の一形態）を用いている。

今この処《ところ》を過ぎんとするとき、鎖《とざ》したる寺門の扉《とびら》に倚《よ》りて、声を呑《の》みつゝ泣くひとりの少女《をとめ》あるを見たり。年は十六七なるべし。被《かぶ》りし巾《きれ》を洩《も》れたる髪の色は、薄《うす》きこがね色にて、着たる衣は垢《あか》つき汚れたりとも見えず。我《わが》足音に驚かされてかへりみたる面《おもて》、余《よ》に詩人の筆なければこれを写すべくもあらず。この青く清らにて物問《と》ひたげに愁《うれひ》を含める目の、半《なか》ば露を宿せる長き睫毛《まつげ》に掩《おほ》はれたるは、何故《なにゆゑ》に一顧《いっこ》したるのみにて、用心深き我《わが》心の底までは徹《てつ》したるか。

描写自体は先の中島敦の言葉通り、こまやかで精緻だが、絵画に喩えれば余白を大きく取った淡彩画のような描き方である。瞬間的に豊太郎が感知した彼女の清潔感が、そのまま読者にも感じられ、清雅《せいが》な印象を読者に与える場面である。

『舞姫』と『源氏物語』との響映

ところで、『舞姫』におけるエリス像の造型や状況設定に関して、『源氏物語』の夕顔《ゆうがお》巻との関連が指摘されている。陋屋《ろうおく》に住む経歴不明の謎の女性としての夕顔。光源氏は、夕暮れの薄暮の中に浮かび上がる白い花を見た。その場面が、薄暮の中で豊太郎の目に飛び込んできたエリスの白い顔と響き合い、映じ合う。

女の突然の死によって、儚《はかな》く終わりを告げた光源氏と夕顔の恋の顚末《てんまつ》。これもまた、エリスの発狂と重なり合う。大枠で『舞姫』と夕顔の巻は共通している。近代文学と古典文学は、深い水脈で通じ合っている。

その共通性を認識しつつも、『舞姫』では近代文学ならではの心理分析が際《きわ》だっている。書き出しの第一段落に次ぐ第二段落で、早くも「人の心の頼みがたきは言ふも更《さら》なり、われとわが心さへ変《かは》り易《やす》きをも悟り得《え》たり」とある文章に着目すれば、豊太郎の心の変化を注視する読み方が重要となろう。古典を踏まえ、なおかつ古典を離れて、大輪の近代文学が開花したのである。

2　壮年時代の鷗外

観潮楼の位相

明治二十五年、三十歳の鷗外は本郷駒込千駄木《こまごめせんだぎ》町に転居し、書斎を増築して観潮楼《かんちょうろう》と名付けた。二階の書斎からは、品川の海が見えたという。その後、日清戦争に従軍した鷗外は、帰国後の明治二十九年に、幸田露伴《こうだろはん》・斎藤緑雨《りょくう》らとともに、雑誌『めざまし草《ぐさ》』を創刊し、アンデルセンの『即興詩人《そっきょうしじん》』を翻訳して連載した。

明治四十年からは、与謝野鉄幹《よさのてっかん》・佐佐木信綱《ささきのぶつな》・伊藤左千夫《いとうさちお》・斎藤茂吉《さいとうもきち》・石川啄木《いしかわたくぼく》・上田敏《うえだびん》たちが集って、観潮楼歌会《かかい》が開かれた。永井荷風は『日和下駄《ひよりげた》』の中で、観潮楼を訪れて鷗外と歓談した思い出を書いている。観潮楼は鷗外にとって、文学者たちとの交友の場でもあった。

軍医・小説家・翻訳家・批評家・歌人として、獅子奮迅《ししふんじん》の活躍をしていた鷗外は、「小説」というジャンルを、絶えず隣接する諸芸術領域と響映させながら、その未来の可能性を発見しようとしていた。

小倉時代の鷗外

観潮楼歌会や永井荷風との交流についてすでに触れたので、時代が少し前後するが、明治三十三年から三十五年までの時期、鷗外は九州の小倉に赴任し、東京を離れた。後述するように、小倉時代に『即興詩人』の翻訳を続け、脱稿している。また、小倉時代の鷗外は、九州各地に任務で出掛けた折に、その土地の旧跡を訪ね、精力的に記録している。

たとえば、豊後《ぶんご》（現在の大分県）日田《ひた》に江戸時代後期の儒学者・教育者である広瀬淡窓《ひろせたんそう》の旧居を訪ね、子孫の案内で、墓所や彼の私塾「咸宜園《かんぎえん》」を見学し、蔵書目録なども見せて貰っている（『小倉日記』）。これは明治三十年代末から四十年にかけての、西村天囚《てんしゅう》による九州の儒者探訪と比べても、早い時期の業績である。鷗外が実地調査による記録を好んだことは、後年の「史伝」執筆と遠く響き合う。

『即興詩人』にかけた歳月と、その文体

『即興詩人』は、「初版例言《れいげん》」によれば、明治二十五年九月十日に稿を起こし、明治三十五年一月十五日に完成した。「殆《ほとん》ど九星霜《きうせいさう》を経《へ》たり。然《しか》れども軍職の身に在《あ》るを以《もつ》て、稿を属《しよく》するは、大抵《たいてい》夜間、若《も》しくは大祭日《だいさいじつ》・日曜日にして家に在《あ》り客に接せざる際に於《お》いてす」と述べている。「稿を属する」とは、原稿を綴《つづ》る意である。帰宅後の夜、訪問客がない祝祭日や日曜日に、孜々《しし》として翻訳に携わり、それでも九年の歳月を費やしたのだった。

大正三年の「第十三版題言《だいげん》」で、鷗外は『即興詩人』の翻訳について、「国語と漢文とを調和し、雅言《がげん》と俚辞《りじ》とを融合せむと欲《ほつ》し」と書いている。これは、前章で見た本居宣長の姿勢が漢語を否定して大和言葉を重視していたこととは、正反対だった。

わが国古来からの文体と漢文体、そして、雅やかで洗練された言葉と鄙《ひな》びた俗言とを融合しようと努めたという鷗外の『即興詩人』の冒頭部と末尾を掲げよう。どちらも、燦《きら》めく水が印象的で、この作品の清新さを象徴するかのようである。

羅馬《ローマ》に往《ゆ》きしことある人はピアッツア、バルベリイニを知りたるべし。こは貝殻《かひがら》持てるトリイトンの神の像に造り做《な》したる、美しき噴井《ふんせい》ある、大《おほい》なる広《ひろ》こうぢの名なり。貝殻よりは水湧《わ》き出《い》でゝその高さ数尺に及べり。羅馬に往きしことなき人もかの広こうぢのさまをば銅版画にて見つることあらむ。（「わが最初の境界」より）

されはその日光は積水の底より入《い》りて、洞窟の内を照し、窟内の万象《ばんしやう》は皆一種の碧色を帯び、艣《ろ》の水を打ちて飛沫を見るごとに、紅薔薇の花弁を散らす如《ごと》くなるなれ。（中略）舟人《ふなびと》は俄《にはか》に潮満ち来《く》と叫びて、忙《せ》はしく艣を搖《ゆら》かし始めつ。そは満潮の巌穴《いはあな》を塞《ふさ》ぐを恐れてなりき。遊人の舟は相啣《あいふく》みて洞窟より出《い》で、我等《われら》は前に渺茫たる大海を望み、後《うしろ》に琅玕洞の石門の漸《やうや》く細《ほそ》りゆくを見たり。（「琅玕洞」より）

鷗外の翻訳態度

鷗外の翻訳と言えば、アンデルセンの『即興詩人』や、ゲーテの『ファウスト』がとりわけ有名だが、『鷗外全集』を繙《ひもと》くと、その外にも、イプセン（一八二八〜一九〇六）やストリンドベリ（一八四九〜一九一二）など、同時代の北欧の小説や劇の翻訳も含めて、非常に多くの作品を翻訳していることがわかる。

鷗外は、明治四十二年十月の雑誌『文章世界』で、「老い込んだ老爺の片手間にやる仕事だ、と世間では自分が翻訳をやったり、創作をしたりするのを見て言うかも知れない。併《しか》し幾《いく》ら老い込んでも隙《ひま》な時間を遊んで了《しま》う訳《わけ》にも行《い》かない」とか、「実際自分が以前に『即興詩人』などを訳していた当時も、現在も、翻訳をやる時の心持《こころもち》に余り相違はないように思われる」などと述べている。

ここで鷗外は、自分の文学活動に対する世間の評価に対して、ユーモアにくるんではいるものの、強い不満を表明している。鷗外の文業において翻訳の占める比重は高く、しかも重要な意義と影響力を持っていた。当時の若い人々は、鷗外の翻訳によって西洋文学を吸収し、長じては文学者となる例も多かった。吉井勇《よしいいさむ》や堀辰雄《ほりたつお》たちは鷗外の翻訳に言及し、斎藤茂吉はヨーロッパを訪問した時に、『即興詩人』の舞台となった旧跡を辿っている。鷗外の『即興詩人』の翻訳の文体は、翻訳としてではなくオリジナルの文学作品として、読者である青年知識人たちの西欧憧憬を熾烈に燃え立たせたのだった。

さて、先の引用文に続けて、「なるたけ現代の、調子の砕けたような言葉で原文の趣きを壊さない程度に訳そうという考えになった。『即興詩人』の頃には執拗《しっこ》いまでに凝《こ》った文章であったが、それを今は平易な現代の言葉に替えて来たのである」と、自分の翻訳態度の変化を述べている。同じ変化が、鷗外の小説にも起きた。

鷗外は、平明を良しとする「言文一致」運動に合流したわけではない。初期の「文語文＝雅文体」の心で、言文一致よりも含蓄のある「新しい口語文」を開拓したのである。

3　文学活動の展開期

『青年』と『雁』

明治四十二年、石川啄木・木下杢太郎《きのしたもくたろう》・吉井勇・平野万里《ひらのばんり》を同人とする雑誌『スバル』が創刊された。かつて『明星《みょうじょう》』に集った若き文学者たちによる文芸雑誌である。鷗外はこの雑誌の指導的役割を果たしただけでなく、自らも数多くの作品を誌上に発表した。

鷗外の小説作品の代表作と目される『青年《せいねん》』や『雁《がん》』も、この『スバル』に掲載された。『青年』は、作家志望の小泉純一が上京して、文学者たちや坂井夫人という謎めいた態度を取る女性との出会いを通して、成長してゆく過程を描く。

小説の中で、イプセンなども話題に挙げての文学論や哲学論が繰り広げられている。夏目漱石を思わせる文学者の講演会や、鷗外自身を戯画化した「鷗村《おうそん》」という文学者の住まいの描き方など、まことに多彩な書き方である。ある意味で、『源氏物語』の「雨《あま》夜《よ》の品定《しなさだ》め」を想起させ、「批評小説」と呼んでもよいようなスタイルである。

『雁』は『青年』と比べると、評論的な場面はほとんどなく、簡明でいて、どこか抒情的な口語文で書かれた、近代小説らしい小説と言えよう。高利貸の末造《すえぞう》の愛人として無縁坂《むえんざか》に囲われている「お玉《たま》」と、その坂道を散歩する岡田という医学生の淡い交流が描かれている。男と女の生活圏が異なり、本来ならば出会うこともない設定となっているることや、女の住まいの描写、そして成就《じょうじゅ》することのない二人の恋など、かつての『舞姫』と同様に、『源氏物語』の夕顔の巻を思わせる。ただし、『舞姫』から『雁』の文体の大きな変化に、文学者としての鷗外の脱皮が感じられる。『雁』の、岡田とお玉の出会いの場面を読んでみよう。

そしてちょうどまん前に来た時に、意外にも万年青《おもと》の鉢の上の、今まで鼠色の闇に鎖《とざ》されていた背景から、白い顔が浮き出した。しかもその顔が岡田を見て微笑《ほほえ》んでいるのである。

それからは岡田が散歩に出て、この家の前を通るたびに、女の顔を見ぬことはほとんどない。（中略）通るたびに顔を見合わせて、その間々《あいだあいだ》にはこんな事を思っているうちに、岡田は次第に「窓の女」に親しくなって、二週間もたったころであったか、ある夕方例の窓の前を通る時、無意識に帽を脱いで礼をした。その時ほの白い女の顔がさっと赤く染まって、寂しい微笑《ほほえみ》の顔が華やかな笑顔になった。それからは岡田はきまって窓の女に礼をして通る。

この場面は、口語文で書かれているけれども、まさに『源氏物語』の夕顔巻で、光源氏が夕顔と出会う場面を意識している。鷗外自身が、夕顔のイメージを借りて、お玉という女性を造型している。だから、読者の心にも、『雁』を読みながら、『源氏物語』の夕顔巻の世界が響き合い、映じ合うのである。

『雁』の面白さは、しかし、岡田とお玉の淡い交流だけにあるのではない。お玉の父親や末造やその妻など、それぞれの人物像が明確に描かれており、特に彼らの心の内の変化が、よく透き通ったガラスの中のように、生き生きと的確に描かれている。鷗外の小説の一つの到達点であろう。

しかし鷗外は、さらにこの後、「史伝」という、今までになかったスタイルの新しい文学を創造する。

鷗外の史伝

鷗外は晩年、『渋江抽斎《しぶえちゆうさい》』『伊沢蘭軒《いざわらんけん》』『北条霞亭《ほうじようかてい》』の三作を新聞に連載した。これらの作品は「史伝《しでん》」と呼ばれるスタイルで、ある人物の伝記を精密な調査と考察によって描き出したものである。

渋江抽斎（一八〇五〜一八五八）は、江戸時代の儒学者・医学者で、弘前《ひろさき》藩に仕え、古書の収集・校勘《こうかん》（本文校訂）に努めた考証学者でもあった。伊沢蘭軒（一七七七〜一八二九）も儒学者で、備後《びんご》福山藩の藩医。抽斎の医学の師でもある。北条霞亭（一七八〇〜一八二三）は漢詩人で、福山藩の藩儒。霞亭の父も儒医であり、彼も医学を学んでいる。

彼ら三人は、いずれも宮仕えする医者でありながら、文人でもあり、鷗外自身と共通する経歴の人物であった。鷗外は、江戸時代後期の三人の知識人と、自らの人生を共鳴・共振させている。

鷗外と渋江抽斎との邂逅《かいこう》を書いた部分を掲げて、『渋江抽斎』の文体に触れてみよう。

わたくしの抽斎を知ったのは奇縁《きえん》である。わたくしは医者になって大学を出た。そして官吏になった。然《しか》るに少《わか》い時から文《ぶん》を作ることを好んでいたので、いつの間《ま》にやら文士の列に加えられることになった。其《その》文章の題材を、種々の周囲の状況のために、過去に求めるようになってから、わたくしは徳川時代の事蹟を捜《さぐ》った。そこに武鑑《ぶかん》を検《けん》する必要が生じた。（中略）此蒐集《このしゅうしゅう》の間《あいだ》に、わたくしは弘前医官渋江氏《うじ》蔵書記《き》と云《い》う朱印のある本に度々《たびたび》出逢《であ》って、中には買い入れたものもある。わたくしはこれによって弘前の官医で渋江と云う人が、多く武鑑を蔵《ぞう》していたと云うことを、先《ま》ず知った。

『武鑑』は、江戸時代の武士たちの姓名・家紋・知行高《ちぎょうだか》・居宅などを記載した書物のことである。

鷗外は、「わたくし」という人物として、作品の中に入り込み、作品の中の世界を生きている。作者でありながら、作品の成立に必須の人物として、「語り手」よりも重い役割を発揮している。

鷗外自身の閲歴を簡略に示したうえで、抽斎との出会いが「奇縁」であったと書いているが、この出会いはむしろ必然だったろう。鷗外の史伝は、ある人物を書物によって調べ、知友から情報を得てさらに広く探索の手を伸ばし、その人物の子孫に直接会い、墓所を訪ねて碑文を読み、手紙を蒐集し、それらを総合しながら書き進められる。

作者の能動的な行為によって、刻々と作品世界が生成してゆく現場に、読者も立ち会うのである。研究・調査・考察が渾然一体となって文学となるという、稀有のスタイルがここに誕生した。鷗外にして初めて可能となった、新しい文学ジャンルであろう。

和漢洋の広大な芸術領域を響映させながら進化し続けた鷗外は、その晩年に、和漢洋を包み込んだ、比類のない独創的な文学世界を樹立したと言えよう。

◉第九章

夏目漱石と、近代文学のゆくえ

1　夏目漱石の人と作品

漱石の読み方

夏目漱石《なつめそうせき》（一八六七〜一九一六）の作品は、現代にいたるまで絶えることなく人々に親しまれ、読み継がれている。『吾輩《わがはい》は猫《ねこ》である』『坊《ぼ》っちゃん』『草枕《くさまくら》』『三四郎《さんしろう》』『こころ』など、すでに読んだことのある小説も多いと思う。書き出しの文章などは、自然と諳《そら》んじているのではないだろうか。古典文学でこそ冒頭の一文を記憶していることもあろうが、近代小説でこれほどよく知られている作品群は珍しい。それだけ、漱石が近代文学の中でひときわ大きな存在である証左であろう。

本書でこれまで折に触れて述べてきたように、文学作品の読み方は、固定的な方法論があらかじめ定まっているわけではない。各人が自分らしい、自然な観点や選択眼によって作品を選び、実際にその作品を読むことによって、文学世界が広がってゆくのが基本である。この広がりを、私は「響映」という言葉で説明してきたつもりである。作者が、自分自身の心を、日本の古典文学や世界の芸術と響映させながら、表現行為を行うダイナミズム。そして、読者の心の中で、その作品を読みながら、あるいは読後に、他の文学者や芸術作品と響映させる喜び。

夏目漱石のように著名であり、同時に親しみや敬愛の念も感じる文学者の作品は、ふだんの読書を通じて、いつでも直《じか》にその世界に触れることができるし、そのことが先ず第一に大切である。では、これまでの読書体験の上に、どのような読み方を付け加えれば、より深く漱石の文学精神を理解できるのだろうか。

本章は、最終章でもあり、本書でこれまで述べてきたことの検証と応用も兼ねて、夏目漱石の文学世界に、さまざまな角度から光を当ててみたい。全集や著作集などによって、代表作以外の作品や、書簡・日記・草稿なども読むことができる文学者の場合は、それらを読むと作品世界の広がりや背景がよくわかる。

「漱石を読む」と言うと、小説のことが直《ただ》ちに思い浮かぶが、ここでは、小説以外の作品ジャンルから入ってゆこう。

『硝子戸の中』に入って

『硝子戸《ガラスど》の中《うち》』は漱石晩年の随筆で、大正四年（一九一五）一月十三日から二月二十三日まで朝日新聞に連載された。『硝子戸の中』のジャンルは、随筆・随想・小品など、さまざまな呼び方をされるが、漱石の人と作品を考えるうえで、多くのことを教えてくれる。冒頭部は雑誌社の取材で写真を撮られた話や、訪れてくる人々のことなど、身辺雑記的な書き出しであるが、回を重ねるうちに次第に幼年時代や両親・兄弟のことにも筆が及ぶ。晩年の作品ということもあり、おのずと漱石の人生観や人間性が滲み出る作品である。

書き出しの部分を少し長く引用して、そこに漂う静謐《せいひつ》で自照的な情景に触れてみよう。

硝子戸の中《うち》から外を見渡すと、霜除《しもよけ》をした芭蕉《ばしょう》だの、赤い実の結《な》った梅もどきの枝だの、無遠慮に直立した電信柱だのがすぐ眼《め》に着くが、その他《ほか》にこれと云《い》って数え立てる程のものは殆《ほと》んど視線に入って来ない。書斎にいる私《わたくし》の眼界は極めて単調でそうして又極めて狭いのである。

その上私は去年の暮《くれ》から風邪《かぜ》を引いて殆《ほと》んど表へ出ずに、毎日この硝子戸の中にばかり坐っているので、世間の様子はちっとも分からない。心持《こころもち》が悪いから読書もあまりしない。私はただ坐ったり寐《ね》たりしてその日その日を送っているだけである。

然《しか》し私の頭は時々動く。気分も多少は変《かわ》る。いくら狭い世界の中でも狭いなりに事件が起《おこ》って来る。それから小さい私と広い世の中とを隔離しているこの硝子戸の中へ、時々人が入ってくる。それが又私に取っては思い掛《が》けない人で、私の思い掛けない事を云《い》ったり為《し》たりする。私は興味に充ちた眼をもってそれ等《ら》の人を迎えたり送ったりした事さえある。

思えば、執筆活動を開始した初期から晩年に到るまで、ほぼ十年の文学者生活において、漱石が追究したのは、明治という激動する近代の「広い世の中」で、「小さい私」が、どのように生きるか、ということだったろう。近代文学における漱石の存在は非常に大きいにもかかわらず、本人自身は、どこか寄る辺《よるべ》無ささえ感じさせるような「小さい私」という言葉を使っているのである。その自己認識が、多くの読者に漱石を近づける親密感を生みだしているのではないだろうか。

この場面は、古代から中世へという、歴史の大きな転換点を生きながら、「閑居」の意味を探究し続けた鴨長明《かものちょうめい》の『方丈記《ほうじょうき》』の世界とも通じ合う。一丈（約三・〇三メートル）四方の小さな庵での閑居の日々を記した『方丈記』には、「書斎記《しょさいき》」としての性格もある。長明は、この小さな草庵に、和歌や仏典などの書物、そしてみずから演奏して心を慰める琵琶《びわ》や琴も持ち込んでいる。

漱石が籠《こ》もっている書斎（漱石山房《そうせきさんぼう》）は、時折、他者が闖入してくる点は、長明の草庵と異なるが、そこが漱石自身の精神の居場所である点で、近代に出現した「方丈の庵」なのであり、漱石は「市中《しちゅう》の隠者《いんじゃ》」なのである。

漱石の幼年期

夏目漱石は、慶応三年（一八六七）、江戸牛込馬場下横町《うしごめばばしたよこまち》（現在の東京都新宿区喜久井町《きくいちょう》）に、八人兄弟の末っ子として生まれた。本名は夏目金之助《きんのすけ》。夏目家は名主だった。「喜久井《きくい》」という町名は、夏目家の家紋が「井桁《いげた》に菊」なので「菊（喜久）井」すなわち「喜久井」としたという。また、家の前の坂を自分の姓によって「夏目坂」と名付けたのは、父の小兵衛直克《こへえなおかつ》だった。
漱石は、大正五年に満四十九歳（数えの五十歳）で亡くなったが、その一年前に書いた『硝子戸の中』の「二十九」と「三十八」で、幼年期を回想して次のように述べている。

私は両親の晩年になって出来た所謂《いわゆる》末ッ子である。（中略）単にその為《ため》ばかりでもあるまいが、私の両親は私が生れ落ちると間もなく、私を里《さと》に遣《や》ってしまった。（中略）私は何時頃《いつごろ》その里から取り戻されたか知らない。然《しか》しじき又ある家へ養子に遣《や》られた。（中略）私は普通の末ッ子のように決して両親から可愛《かあい》がられなかった。これは私の性格が素直でなかった為《ため》だの、久しく両親に遠ざかっていた為《ため》だの、色々の原因から来ていた。とくに父からは寧《むし》ろ苛酷《かこく》に取扱《とりあつ》かわれたという記憶がまだ私の頭に残っている。

悪戯《いたずら》で強情な私は、決して世間の末ッ子のように母から甘く取扱《とりあつ》かわれなかった。それでも宅中《うちじゅう》で一番私を可愛《かあい》がってくれたものは母だという強い親しみの心が、母に対する私の記憶の中には、何時《いつ》でも籠《こも》っている。愛憎を別にして考えて見ても、母はたしかに品位のある床《ゆか》しい婦人に違《ちがい》なかった。

孤独な幼年時代と、母への追慕の心情が、吐露されている。漱石の小説には、孤独なるがゆえに友人との交流を求めたり、幸福な家庭に憧れる人物が登場するが、結果的に理想の人間関係は構築されていない。だからこそ漱石は、「孤独からの解放」を願って、もう一度、そしてもう一度と、何度も繰り返し小説を書き継いだのではないだろうか。

漱石は生後すぐに里子《さとご》に出され、満一歳の時に塩原《しおばら》家の養子となった（以下、漱石の年齢は満年齢で数える）。九歳で生家に戻るが、夏目姓に復縁したのは二十一歳だった。その間の寂しさや孤独感のことも『硝子戸の中』には書かれている。

学生時代の漱石

夏目漱石の学生時代の出来事で取り上げたいのは、正岡子規《まさおかしき》（一八六七〜一九〇二）と友人になったことと、『方丈記』の英語訳をしたことの二点である。

漱石は、大学予備門予科を経て、二十一歳で、第一高等中学校本科第一部に入学した。先に述べたようにこの年には、夏目家に復籍している。この頃から、正岡子規との交友が始まる。

漱石の学生時代は、新しい「広い世の中」への第一歩だった。ちなみに「漱石」という号は、子規が友人たちに自分が書いた漢詩文集『七艸集《ななくさしゅう》』を回覧した時、漱石がそれに対する批評文に号（ペンネーム）として、「当座の間《ま》に合《あは》せに、漱石となん、したり顔《がほ》に認《したた》め」（明治二十二年五月二十七日付の子規宛《あて》書簡より）たものだった。こんなところにも、子規との親しい交友の中で、漱石の文学が育まれていったことが表れている。その子規と交わした書簡には、若き日の漱石の内面が吐露されている。

2　文学者への道

一通の手紙から

漱石は二十三歳で帝国大学文科大学英文科に入学したが、この頃から強い厭世観《えんせいかん》を持ち、そのことを正岡子規への書簡に書いている。次に掲げるのは明治二十三年八月九日の手紙の一節である。この手紙を通して、どのような漱石の世界を垣間見《かいまみ》ることができるのか、考えてみよう。

なお、この手紙には非常に強い厭世観が書かれているが、この手紙の書き出しの所に、「爾後《じご》眼病、とかくよろしからず、それがため書籍も筆硯《ひっけん》も悉皆放抛《しっかいはうはう》の有様《ありさま》にて、長き夏の日を暮《くら》しかね」とあり、健康面での不安もあった。

この頃は何となく浮世《うきよ》がいやになり、どう考へても考へ直しても、いやでいやで立ち切れず、さりとて自殺するほどの勇気もなきは、やはり人間らしき所《ところ》が幾分《いくぶん》かあるせいならんか。ファウストが自《みづか》ら毒薬を調合しながら、口の辺まで持ち行きて遂に飲み得なんだといふゲーテの作を思ひ出して、自ら苦笑《にがわら》ひ被致候《いたされさうらふ》。（中略）「またしらず、仮の宿《やどり》、誰《た》がために心を悩まし、何によりてか目を悦《よろこ》ばしむる」と、長明の悟りの言《げん》は記憶すれど、悟りの実《じつ》は迹方《あとかた》なし。これも心といふ正体の知れぬ奴《やつ》が五尺の身に蟄居《ちつきよ》する故《ゆゑ》と思へば悪《にく》らしく、皮肉の間《かん》に潜むや骨髄の中に隠るるやと、色々詮索すれども今に手掛《がか》りしれず。（中略）

御文様《おふみさま》の文句ではなけれど、二ツの目《まなこ》永く閉ぢ、一つの息永く絶ゆるときは、君臣もなく父子もなく、道徳も権利も義務もやかましい者は滅茶々々《めちやめちや》にて真の空々《くうくう》、真の寂々《じやくじやく》に相成《あひなる》べく、それを楽しみにながらへをり候《さうらふ》。

この手紙から、漱石のどのような側面に光をあてることができるだろうか。今引用した部分は、中略部分を区切りとすると、三つの部分からなり、そのどれもに強い厭世観が表明されている点が注目されるが、それ以外にも漱石の文学世界を考えるうえで、さまざまな広がりを示唆するキーワードを見つけることが出来る。「ゲーテの『ファウスト』」、「長明」、「御文様《おふみさま》」の三つがそのキーワードである。これら三つのキーワードを手掛かりとして、文学者としての漱石の行路《こうろ》を描いてみたい。

漱石の文学世界の大きな特徴は、読者を拒絶することなく、読者に対して開かれていることである。だからこそ、多くの人々に読み継がれてきた。けれども、漱石の文学世界は限りなく深く広い。一つの引き出しを引き抜いたその奥に、小さな鍵穴を持つもう一つの引き出しがひっそりと潜んでいる。その小筺《こばこ》を開ける小さな鍵は、見過ごしてしまうこともあるが、ふとした時に作品や書簡や日記のあちこちに、そっと置かれていることに気づくこともある。読者が自分自身で見つけた鍵を手にすることができた時、小説を一読しただけでは得られないような、さらなる大きな充実感や感動が得られるはずである。この「隠れている小さな引き出しを開ける」行為こそが、本書で提唱してきた「響映読み」なのである。

『ファウスト』を読んだのか

最初の部分に、「浮世《うきよ》がいやになり」と述べて、ゲーテの『ファウスト』を挙げている。漱石の厭世観の表れであると同時に、ゲーテの『ファウスト』から、特定の場面を具体的に言及したものとして早い時期に属する例である。このようなことに注目することは、漱石の厭世観自体から逸脱するように思えるかも知れないが、読み方としてはむしろ、視点を広げてゆくヒントとなる。つまり、この時の漱石は、英文科に進学したばかりの学生である。ドイツ文学への言及は、彼の目が外界へ開かれていることを示唆《しさ》するとともに、当時の文学状況の中で、どのようにしてゲーテの『ファウスト』に漱石が触れたのか、という探索を誘うものだからである。

ちなみに、司馬遼太郎《しばりようたろう》は『本郷界隈　街道を行く』（朝日文芸文庫、一九九六年）の「藪下《やぶした》の道」で、森鷗外の短編『団子坂《だんござか》』に出て来る女学生の会話に『ファウスト』への言及があるのを捉えて、鷗外自身がゲーテの『ファウスト』を翻訳するのはもっと後なので、この女学生はどこで知ったのだろうと疑問を呈している。その答えは直接には書かれていないが、そのようなふとした疑問を持つことが、重要なのだ。

鷗外の『団子坂』は明治四十二年の創作で、彼の『ファウスト』の翻訳が刊行されるのは大正二年である。それに対して漱石がこの手紙で、具体的に『ファウスト』のワンシーンを書いたのは、明治二十三年だった。漱石と言えば「英文学」というイメージがあるが、若き日の彼の関心の広さと深さが偲ばれる。ちなみに、わたし自身もまだ、漱石がいつ、どのようにして、ゲーテの『ファウスト』に触れたのか、その経路を見つけることは出来ていない。

一般に小説の場合は、叙述の流れに沿って先へ先へと読者を駆り立てるような面白さがあるが、そのような小説作品を研究的な眼で読む場合には、細かな部分にも着目し、ある表現なり発想なりが、どのような背景から生み出されているかを幅広く探求することが大切である。この後の部分で漱石自身も、「心の正体」を「色々詮索すれども手掛《てがか》りしれず」と書いている。このような、自分が見極めたいと思う対象を「色々詮索」するための手がかりを見つけることが、思索という行為にほかならない。

ここで、先回りして述べるならば、漱石が十余年にわたり、次々と小説を書き続けたのは、まさにここで述べている「心の正体」の探索であり、その心とは自分自身の心であると同時に、もっと普遍的な人間の心でもあった。

漱石と『方丈記』

さて、先ほど引用した子規への書簡には、長明の名前と『方丈記』の一節が見られた。当時かなり厭世的になっていた漱石が、『方丈記』をどのように理解していたかがわかる。漱石はこの手紙の一年余り後に、当時の外国人教師ジェームズ・メイン・ディクソンの依頼により、『方丈記』の英語訳をしているが、ディクソンに依頼される以前から、この手紙に明記しているような『方丈記』への共感があり、その関心は『方丈記』に対する独自の読み方に支えられていた。

漱石の英語訳『方丈記』とそれに付された英文解説は、『漱石全集』第二十六巻（岩波書店、一九九六年）に収められている。なお、同全集月報に掲載された拙稿「alone in this world……若き日の漱石と『方丈記』」で、漱石と『方丈記』について述べた。この月報は『私の漱石……『漱石全集』月報精選』（岩波書店編集部編、岩波書店、二〇一八年）にも再録されているので、読んでいただければ幸いである。

明治二十四年という近代に入ってまもない頃は、『方丈記』の注釈書といえば、いまだ江戸時代以来の数種類しかなかった時期である。しかもそれらの注釈書の研究姿勢は、仏教的な語釈や解釈が大勢を占めていた。それに対して、若き日の漱石が、鴨長明の反俗的で厭世的な人生観を『方丈記』から読み取り、深い共感のもとに英語訳し、解説文も書いたことは、後年の漱石の文学的な達成の、原点を見る思いがする。

漱石は、ファウスト博士の厭世観にも、鴨長明の厭世観にも、強く共鳴し、共振している。『ファウスト』や『方丈記』と自分の心を響き合わせ、照らし合わせながら、若き漱石はみずからの思索を深めていったのだろう。

漱石と芥川龍之介

今見てきた漱石と『方丈記』の関わりに着目すると、今度は、漱石の弟子である芥川《あくたがわ》龍《りゅう》之介《のすけ》（一八九二〜一九二七）の存在も、おのずと浮かび上がってくる。芥川は東京帝大英文科の学生時代に、短編小説『鼻《はな》』が漱石に絶賛されて文壇にデビューした。芥川には『本所両国《ほんじょりょうごく》』という、関東大震災後の本所界隈を描いた作品がある。その最後に位置する「方丈記」と題した会話スタイルの小品で、世の中の変化の大きさに驚いている家族に対して、「僕」が『方丈記』の一節を読み上げると、母が「何だえ、それは？『お文様《ふみさま》』のようじゃないか？」と言う場面がある。

先に引用した漱石の手紙でも、最後のところで「御文様」が引用されていた。これは偶然だろうか。「御文様」というのは、蓮如《れんにょ》の法語や書簡を集めた『御文《おふみ》』のことである。

英文科の出身で西洋の知識教養を身につけた漱石も芥川も『方丈記』と『御文』の二つを結びつけている。二人が古典に対して、同じようなイメージを持っていたということなのだろう。

3　漱石文学のゆくえ

漱石の『文学評論』

『文学評論』は、明治四十二年に刊行された漱石の十八世紀イギリス文学論である。これは、彼が東京帝国大学で明治三十八年九月から行った、在職中の英文学の講義を基にしている。明治三十八年といえば、一月から『ホトトギス』に『吾輩《わがはい》は猫《ねこ》である』を発表し、その一方で、『倫敦塔《ロンドンとう》』『カーライル博物館《はくぶつかん》』『幻影《まぼろし》の盾《たて》』など、英国留学土産《みやげ》とも言える数々の短編も発表し、創作活動が実質的に開始された時期だった。漱石は次第に、教師を辞《や》めて創作に専念したいと思い始めていた。

『文学評論』で取り扱われているのは、主として十八世紀のイギリス文学であるが、その基盤ともなっているギリシャ・ローマの文学・哲学、ヨーロッパの文学、そして西欧の文化・社会・芸術に関する考察などを含んでいる。非常に幅広い著述である。彼の著作が読者の心にさまざまな響き合いや映じ合いの波紋を描くのは、このような漱石文学の基盤の広さと関係があるだろう。また、『文学評論』を読むと、小説とは何かというテーマが、一貫して漱石の関心だったこともわかる。

『文学評論』は、書物として出版されたものだが、まるで、教師がみずからの英国体験を織り交ぜつつ、実に生き生きと十八世紀の英文学を語っている大学の教室に、自分も学生の一人として出席しているかのような、臨場感を感じることができる。それほど、教師としての漱石の熱意と誠実な人柄が、じかに伝わってくる書物である。

それればかりでなく、漱石が文学をどのように捉え、どのような世界観を持っているか、そしてどのようにイギリスと日本の文学を比較しているかも、おのずとわかるようになる。まことに自在な、漱石の講義ぶりである。それが、後年の彼の小説で活かされている。このような著作もまた、漱石文学の領域として心に留めておくとよいと思う。

なお『文学評論』で注目される一つは、「趣味」についての論述が、序言や、第四編「スヰフトと厭世文学」にあることである。明治時代の末期には、『徒然草』を「趣味」という観点から解釈する説が提起されていた。ここから、『徒然草』と漱石文学に、何かしらの関連を見出す、「響映読み」が可能となる。

藤岡作太郎《ふじおかさくたろう》『鎌倉室町時代文学史』（大正四年刊）に、「要するに徒然草一篇、感情を主とし、美を重んぜし著者が、自己の趣味を説くを主眼とせしものなり」とある。この本は、明治四十二、三年に東京帝大で行った講義内容を、没後に編んだものという。奇《く》しくも漱石がその数年前に帝大で行ってた講義ノートが『文学評論』であり、そこに「趣味」についての論考が書かれている。この時代における趣味の観点が、英文学と国文学の双方に浸透していたことを示す意味で、『文学評論』は『徒然草』研究史にも一石を投じ得る。内海弘蔵《うつみこうぞう》が『徒然草評釈』（明治四十四年）で、『徒然草』の本質を「趣味」というキーワードで捉えたのも、このような思潮に属している。

漱石文学の広がりは、他にもある。たとえば、大正元年（一九一二）から翌年にかけて朝日新聞に連載された『行人《こうじん》』の第四章「塵労《じんろう》」の「三十八」に、マラルメが毎週木曜日に自宅を開放して、客人を迎え、文学談義をしたことを紹介している場面があり、続く三十九にも言及がある。これなども早い時期のマラルメ受容として、マラルメ研究上でも貴重な資料となろう。

『草枕』とグレン・グールド

夏目漱石が学生時代に『方丈記』の英語訳をしたことについては先に触れたが、森鷗外が数多くの翻訳を手がけて、西洋文学を広く紹介し続けたのと対照的に、漱石は、外国文学を翻訳する活動はしなかった。しかし、漱石の作品は翻訳されて、世界で読まれている。漱石の文学世界の考察の最後に、世界文学としての漱石について触れておきたい。

一九六五年に、アラン・ターニーによる『草枕』の英語訳が刊行された。『草枕』の刊行から六十年近い歳月が経ってからだった。しかし、この翻訳がひとりのピアニストの心を捉えて離さぬ座右の書となった。カナダのピアニスト、グレン・グールド（一九三二～八二）である。その後、日本では、グールドと『草枕』の研究が進展している。

『草枕』の冒頭部を読んでみよう。

山路《やまみち》を登りながら、こう考えた。
智に働けば角《かど》が立つ。情《じょう》に棹《さお》させば流される。意地を通せば窮屈だ。兎角《とかく》に人の世は住みにくい。

住みにくさが高《こう》じると、安い所へ引き越したくなる。どこへ越しても住みにくいと悟った時、詩が生まれて、画《え》が出来る。

人の世を作ったものは神でもなければ鬼でもない。矢張《やは》り向《むこ》う三軒両隣りにちらちらする唯《ただ》の人である。唯の人が作った人の世が住みにくいからとて、越《こ》す国はあるまい。あれば人でなしの国へ行くばかりだ。人でなしの国は人の世よりも猶《なお》住みにくかろう。

越す事のならぬ世が住みにくければ、住みにくい所をどれほどか、寛容《くつろげ》て、束《つか》の間《ま》の命を束の間でも住みよくせねばならぬ。ここに詩人という天職が出来て、ここに画家という使命が降《くだ》る。あらゆる芸術の士は人の世を長閑《のどか》にし、人の心を豊かにするが故《ゆえ》に尊《たっ》とい。


『草枕』は、明治三十九年、三十九歳の漱石によって書かれた。俗世間とは別乾坤《べっけんこん》（別天地）であるかのように見える山中にも、男と女、時代と戦争、生活と芸術、東洋と西洋など、せめぎ合うさまざまなものがある事実を描いたこの作品には、「小さな私」が「広い世の中」をいかに生きるかという、最晩年にまで続く漱石文学のテーマが潜んでいる。

ここで再び、鴨長明の『方丈記』を思い浮かべるならば、長明もまた、「住みにくい人の世」をいかに生きるかということを生涯の思索としていた。七百年の歳月を隔てて、長明と漱石が、響映していることに気づかされる。

日本文学のゆくえ

本書では、日本文学の中から、各時代を代表する作品や文学者を選んで日本文学の繋がりと広がりを考えてきた。古典文学に対する注釈書や研究も、その作品の命脈を支えるものだった。研究を踏まえてこそ、深い読書が可能となる。

また、今や数多くの日本文学が翻訳されて世界文学となっている現状を見る時、それらをも視野に収めることが要請されよう。本書ではそのような視界を広げる読み方、さらには美術や音楽などの芸術の領域との響き合いも、適宜交えながら書き進めた。私が試みに「響映《きょうえい》読み」と名付けている方法論の一端でもあった。

本書を振り返ってみると、日本文学においては古くから「人生いかに生きるべきか」、ということが大きなテーマとしてあったように思う。思索する日本文学の系譜は、近代の漱石や鷗外にまで繋がっており、一つの系譜を作っている。

しかし、日本文学における系譜は、その他にもさまざまある。和歌というスタイルは現代まで不変の三十一文字《みそひともじ》であるし、四季や自然や恋の風雅というテーマも大きな系譜である。それらが幾重にも縒《よ》り合わされて大きな一筋となって、古代から息づいている。そのことに気づけば、強靭であると同時に繊細な文学の世界が、より一層私たちに身近で、掛け替えのないものとして見えてくる。

日本文学という窓を通して、響映読みしてゆくならば、窓はいつのまにか、私たちがそこからそのまま戸外に出られる大きな扉となっている。その時、外界に触発されながらも、私たちの内界は、日々刻々と、紛う方なき自分自身を形成してゆくだろう。

創刊の辞

この叢書は、これまでに放送大学の授業で用いられた印刷教材つまりテキストの一部を、再録する形で作成されたものである。一旦作成されたテキストは、これを用いて同時に放映されるテレビ、ラジオ（一部インターネット）の放送教材が一般に四年間で閉講される関係で、やはり四年間でその使命を終える仕組みになっている。使命を終えたテキストは、それ以後世の中に登場することはない。これでは、あまりにもったいないという声が、近年、大学の内外で起こってきた。というのも放送大学のテキストは、関係する教員がその優れた研究業績を基に時間とエネルギーをかけ、文字通り精魂をこめ執筆したものだからである。これらのテキストの中には、世間で出版業界によって刊行されている新書、叢書の類と比較して遜色のない、否それを凌駕する内容ものが数多あると自負している。本叢書が豊かな文化的教養の書として、多数の読者に迎えられることを切望してやまない。

二〇〇九年二月

放送大学学長　石弘光

〒261-8586千葉市美浜区若葉2-11
Tel: 043-276-5111　Fax: 043-297-2781　www.ouj.ac.jp

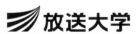

島内裕子（しまうち・ゆうこ）

東京都に生まれる
1979年　東京大学文学部国文科卒業
1987年　東京大学大学院人文科学研究科国語国文学専門課程博士課程単位取得退学
現在　　放送大学教授　博士（文学）（東京大学）
専攻　　『徒然草』を中心とする日本文学

主な著書
『徒然草の変貌』（ぺりかん社）、『兼好―露もわが身も置きどころなし』（ミネルヴァ書房）、『徒然草文化圏の生成と展開』（笠間書院）、『徒然草をどう読むか』（左右社）、『方丈記と住まいの文学』（左右社）、『批評文学としての「枕草子」「徒然草」』（NHK出版）、『校訂・訳　徒然草』（ちくま学芸文庫）、『校訂・訳　枕草子』（上・下、ちくま学芸文庫）

シリーズ企画：放送大学

響映する日本文学史

2020年10月30日　第一刷発行

著者　　島内裕子

発行者　小柳学

発行所　左右社
〒150 - 0002 東京都渋谷区渋谷 2-7-6 金王アジアマンション 502
Tel：03 - 3486 - 6583　Fax：03 - 3486 - 6584
http：//www.sayusha.com

装幀　　松田行正＋杉本聖士

印刷・製本　音羽印刷株式会社

Printed in Japan　ISBN978 - 4 - 86528 - 296 - 2
乱丁・落丁のお取り替えは直接小社までお送りください

放送大学叢書

徒然草をどう読むか
島内裕子　定価一五二四円+税〈二刷〉

方丈記と住まいの文学
島内裕子　定価一八〇〇円+税

茶の湯といけばなの歴史　日本の生活文化
熊倉功夫　定価一七一四円+税〈三刷〉

日本音楽のなぜ？　歌舞伎・能楽・雅楽が楽しくなる
竹内道敬　定価一八五〇円+税

日本人の住まいと住まい方
平井聖　定価一八〇〇円+税

音楽家はいかに心を描いたか　バッハ、モーツァルト、ベートーヴェン、シューベルト
笠原潔　定価一六一九円+税

芸術は世界の力である
青山昌文　定価一九〇〇円+税